| 无简历篇 |  WU JIAN LI PIAN

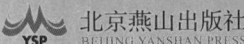
北京燕山出版社
BEIJING YANSHAN PRESS

想法可以安置光线上路,像死亡,快要过去了

快要和一辆独轮木板车接在一起了

我站在这一端看见那些喧哗的事

如同风尘掩埋也是一个工作……如朝圣

一天的尽头是我身体的敞开,一天太多了

致使我有太多的想法随光线弯曲下来

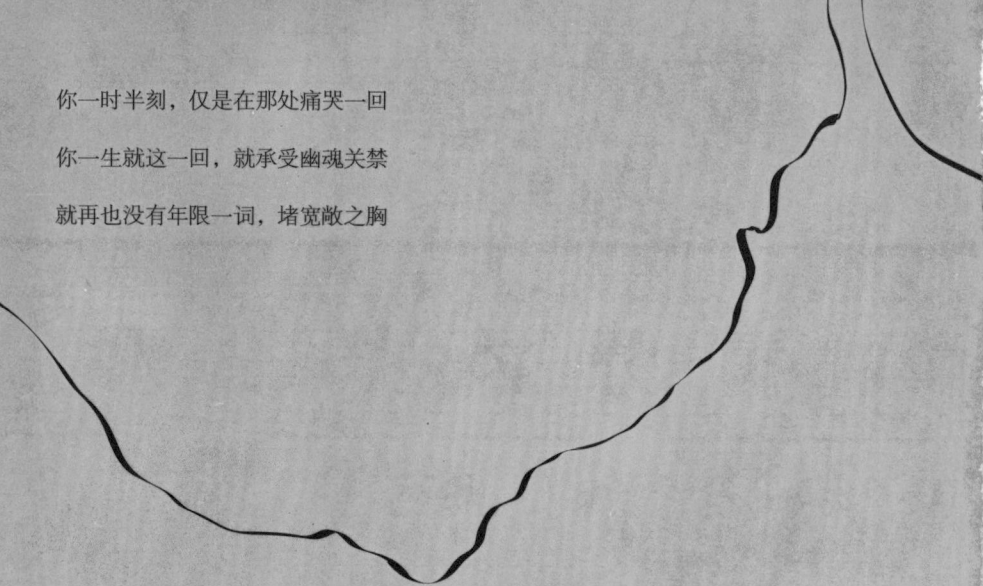

你一时半刻,仅是在那处痛哭一回

你一生就这一回,就承受幽魂关禁

就再也没有年限一词,堵宽敞之胸

——我爱,被幸福挟持,我是花朵的寓言

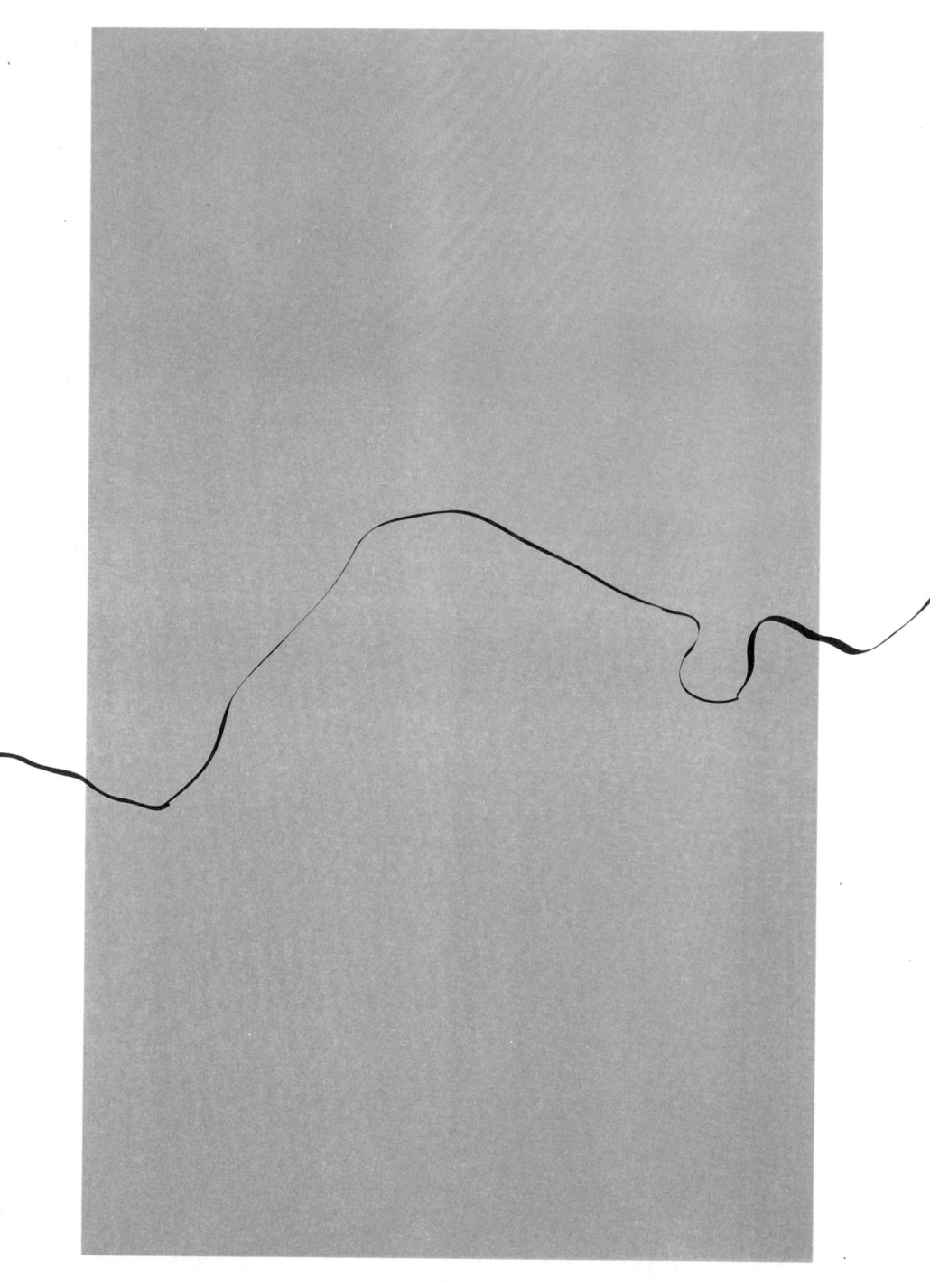

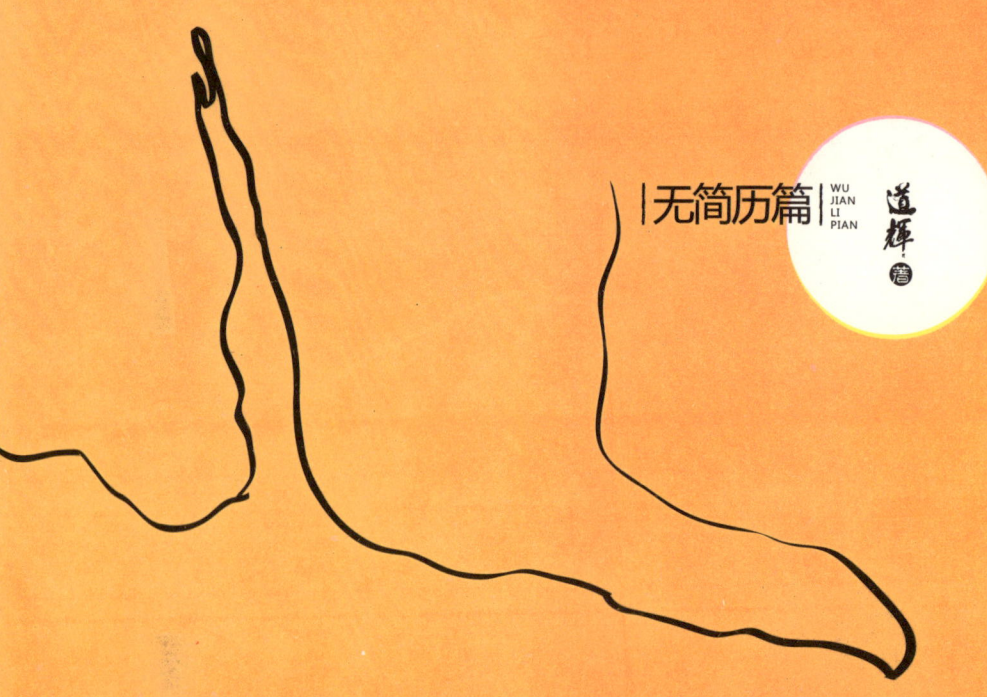

无简历篇 WU JIAN LI PIAN 道辉 著

目录
CONTENTS

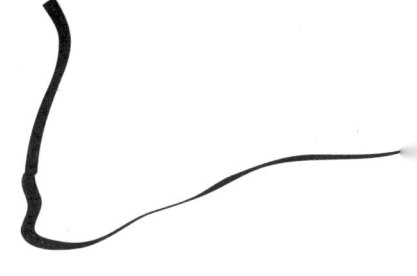

 短诗 /001

重写浪花 / 002

旗面 / 004

这也是生活 / 006

新摇篮曲 / 008

赶 / 010

还愿寒山寺 / 013

夜晚，清晨的漏网之鱼 / 014

墙人 / 015

"喂！" / 016

那份悲伤 / 018

原野 / 019

田园骑诗 / 020

一天的光线 / 023

想象无法用手拿到 / 025

你无名被叫 / 026

世纪的脚诗 / 028

游泳之歌 / 030

落叶说 / 032

目录
CONTENTS

正午之念 / 035

你呼喊过一滴水吗 / 037

上曦排比句 / 039

来吧，这夜晚之花，是你的 / 040

再论扑蛾之身 / 043

宁静的画者 / 044

一只胃的词 / 045

钥匙如靶 / 046

旗的滴…… / 048

寻找食物 / 050

医院唱诗 / 052

自由的手电筒 / 055

白日梦的笑 / 057

化蝶句 / 059

管不住的尘土 / 061

近似爱情诗的嘴 / 063

大脚钉 / 066

镜子的毛 / 068

原光 / 070

芬芳的钩子 / 072

长诗 /075

无简历篇 / 076

一、禁年
二、原村人·浮墙
三、闪电与蚂蚁
四、大风行
五、五日谈
六、死夜与露神
七、白,重围白,再大白天下

评论 /128

显豁的反应　陈超 / 128
面对死亡,只有狂欢能阻截它　汤养宗 / 134
直面死亡的狂欢美学　马永波 / 137

| 短诗 |

重写浪花

是血在唱心,我唱到你时
天色已昏暗到,一垄桑田的抽水泵

若眺望不再远去
故乡就是最敞开的血肉
噢是,就啃它——
似鼠啃梁上风干粽子
似眼啃烛光里的诡秘书

还有未拔筋骨的符语,是蚱蜢养的
是母螺首领唱的
青翠色任由天堂投掷卜米
而近身荒原,却用诗句投掷上去
也是用画儿画不出你时
所有来路都被胸乳碾过
噢是,就啃它——

那也是意志的哺育
暴风雨来临时,啃出岩石之花

暗夜和沉寂合拢时，哨出号角和航向

唱是呼唤的嘴在唱——
似流水是深水之墙，永不平静之墙

旗面

旗回不来了,撕裂的就都扔进幽谷
亲切的呼喊声也已暂停音息
你虽站高过树,但你举手,高不过绵延起伏
众山鸟归静也回不来了
　"咳嗽"含嘴的回声之杏,也回不来了
直至外面之绳穿过众灯捧窗似的冷寂

旗回不到红上了,你决绝以对暮天急红眼
犹似倒灌水回到天上去
你的旗不是黄河之水天上来,却
任由排列的原上草反着插,排列的秩序之插
在拖火罐车已回不到狼烟四起处
看一朵被祭过的白云,确是从军站的毡顶向西飘动

忧愤以失落埋下,你以手代旗举起
那是痛想第九次未获准通往,你把旗改插在
已糜烂的脚趾缝儿上——在荒凉之路已无人践踏时
在写朦胧诗人重访向日葵时,你却一举慌张之手
向漆料未干的暗墙处重举虚无之旗
在你的信仰未起萌火处,那也是以七排列的星旗之种

旗回不来了,像物回不到尘土上
旗回不到高之上了,像城墙回不到暴风雨上去
还有被挥上空中的马铃薯和油轮,回不到迁徙佛泗渡的码头
——但在宁静回到寓所时,眺望的却是幻景回来之旗
你把它插在众花的岔径处,你重把涌溅血涂抹上去
光环回来了,前进回来了,回到迷茫被插满鸽旗处……

这也是生活

你的软骨藏头诗,已远离忧伤
石头远离喝的水
翻白眼人把乌鸦当来年生肖
想法到麻穗遮拦下转了一圈
回到纸墙上,上处冰窖的家推不开门
喊破了喉咙
把你今生讲的第一句话,喊出来也一样
是在关门出走时,想不到会被喊在第一句话里
见面诗远离唾弃时
委屈一词恰好刚跨过掩埋的肩胛

犹似挂满金钥匙的东逝水树在响
你挂起搓肿夜胃的壁灯,放光进来
放隐秘物出去
在毛利犬啃不着骨食叫得更欢时
在蝙蝠粪便把大个子章鱼消化作预言时

你原是第一个把沉寂讲聋的话——
愤懑已消融,已和胸怀处的火盅联手

是流离失所的幻想和失望联手
以风干之手举起大沼泽润湿之身
也是以翠绿唾弃坟茔,内处的人,却从不把自己
当作死亡,把死亡当挂灯诗看:是呵护脸在洗忧伤脸

新摇篮曲

我知道幻想过不了今夜——
我只听你伸手拔我身上的刺,在唱歌
我看你唱歌时睁大的眼睛,比知更鸟美
我总是被这向上的天籁之声唤醒
当酣静之眼,重把我放回世人毫无知晓处

稍微亮过陶瓷的光很洁净
听书馆连环画为着沉寂打开
我的居室之静仍被水仙花含入瓣嘴
里面有人来了,面容憔悴但仍是处女身
我知道忘劫之哭哭不过今夜
今夜不再有忧伤之水,把脸盅重洗三遍

微风从十指合拢处吹动,赞美诗套入戒指
挖星填窟的开垦者,错过了佳期
就在他旁侧的倒下处,放乱石入情感之坟
就在他宣告憎恨之处,重站起举树旗之身
我知道有永不坍塌之意,回到母亲扶灯纺织处

我知道流逝水呀破腌罐呀,都在发出复苏之声
我知道生活和真理已提前到了诞辰的出口处

犹似失志的少年,已在火焰和海洋上践踏
哦,不,是一群孩子的微笑,在缭绕的光线中扶摇直上
哦,是喜爱鹰和虹的孩子,你们就再在光晕中睡一会儿
哦,是爱哭喊和唱歌的孩子,就在葡萄和螺号的家中慢慢醒来

赶

赶蚂蚁，似黄昏时
赶一粒谷皮黏附着散去的
暗淡流光
闲事之时
毫无止境的一小撮
它们应是饥饿之战，随一粒虚光
辗转至上

幻境，应不是致力于游戏
生命淌着蜜汁的腿肢
眺望之时
云雀之灯，像在审判风云时
铜绿般天庭
它们似欠他一根稻香的书面
仅有几只变种蜻蜓，能贴至
幽暗高度
学几只云雀之叫

刚好，以切过海皮脸的
最后一滴水之光

它们应是饥饿之战,随一粒虚光
辗转至上

重把自己装束成小教堂,为着唱祷之战
往旷阔里赶

之前死亡,尘土也赶过

还愿寒山寺

没有一首去韵诗句
能还给你一个人
如果有一句韵脚诗,把厚墙里的钟敲出
你就能把一个人
还给烧烤花岗岩的落暮门前

来吧,沿读声之路的践踏
你就举棉团刀来到花簇上
土地主之子
开窗以流星,喂食像火苗过年的鸽子

落花时是天堂在还诗

泗水型封条嘴
天空个别遨游在挖窟
静卧者,也是吃青蛙致怀乡病者
说是要捧肝给有心人看
刚松懈召唤你深渊的捆绑
倒是那位裹你在船坞和油灯里的人
还回来一首捶打神秘之诗

刚落雪时小教堂戴上白手套

夜晚,清晨的漏网之鱼

——尘土已多遍以星光洗涤
似向深埋处砂瓮,洗出第几条上帝之鱼
尾鳃在东京
地震头却被截了半个基隆港之鱼
这
云暮灌入螺号内处
化作浪不滔天之鱼,等于,那位爱吹螺号之人
摆刀俎和香案,围困黑暗之人
以嘴额上的螺号为语:鱼是冲他来的
这,隐秘之卵
该到混沌外的洁净处入伙

这,夜晚之鱼,在黑暗处游动层土之鱼
像是烟雾在树林处,以火焰之桨,拨岩石清波
而静止和寂寥
也是犯了漏狩猎网之鱼——在,爱吃鱼人
还未随同东方吐白之前,还未,结出
云雀翅和棕熊掌之前——这,只身在黑暗中之人
吃不到上帝之鱼的人:"是他,双脚还未离地,魂魄
还未飘散……等于,还未,以一只缺掉海滨墓园之角的螺号
吹出,一首永不受颂歌制约的进化诗……"

墙人

图钉第二回对坍塌之墙敲打
到第五枚钥匙移动大理石气味的根基
……

那是一位刚走出尘路的双脸人
落暮在背后浮起捡骨金斗
爱和死亡之脸
在浮沉的大地,未被践踏成墙城之前
那是一位刚改写赞美诗换唱佛歌之人
歌和诗合成墙城之脸
诗,是缭绕云雀的云雾处
歌,是无流水清洗的原河溪

——通往,是有未溅出血滴和火盅的眼瞳之人
把不通往,像把不吃果实兽驯成会敲钟鼓的飞禽之门

而无诗,则以旷阔为墙
人是透明人
而无歌,则以寂寥为推倒墙
人是骑风声人

"喂!"

    喂,我闻到星期五了
      喂,是我对自己的鼻子说的;语气
    犹似雾气
    沾在刚拱出礼拜土地的鼻尖顶,"那边
      小人国的通孔那般。"说是
    我鼻尖上的舔舐嘴在说
    看聒噪的雀鸟反穿教会的长袍子那般
      一腔一气泡一个来年
      一罐腌菜脯——刚起寂寥潮汐
    说是,喂——像背诵在说
    地土夯实在未通往大卷书之前

    在小个人朝拜飞尘,静立成窟窿树和割脉琴之前,说是
     "我闻到,是我来了,我闻到星期六的脚底,是我进去了……"
    喂,是你喂,在说:那些围转花盅的工蜂
          被攻击成去叮咬旷阔辙带的孔眼
    这喂,是我和你说过的
    犹似雀鸟被蒸发成工蜂那样
    这喂,它们的泗渡之巢
    这喂,能在喧响的光线里再放入剃刀片

说是——我也闻到星期六之身了
多么的安静和吉祥,像老妪把手杖伸进海洋试探
仿佛,整个大海
也仅有一声"喂!"的容量那么大

那份悲伤

我们已不可重复二次获得它:那静谧的
即可以从冒泉处下手
扯下它精髓的脸
同打开一卷从未被明眼读出声的厚重诗书
晨光穿过墙孔转成垂涎欲滴的回声
这场面赶上双排年限
静谧回访了隐晦的手脚

那边也有屈死者,悲伤隐得更深
那静谧的
向着死者未完全合拢的双眼入手
狠劲扔出穿山甲皮和词根

那卷诗书,在与一阵清风交谈
那是怎样的诗书?
能在静谧冒出处,被我们重复翻读二次
难道幻影还被死者捏在手里?

原野

旷野反过来会覆盖我们——
直到我们勘探的到脑中来纺织
我们无奈要表示的是黑夜之唇
从内处伸出，这狭隘通往旷阔之叫

有个别眩惑圈未套上树宅前
能望已不可望过那规格石阵
那内处似有戴绒帽者在指挥什么：骸
孤寂、暗火、蚯蚓河、无垠之棉……

那含苞开垦近似原境的胸怀
重以仰视——祈求天星给予裸体
宁静一道授予簿册复写
在栽种火炬却长成集会之瓮时，以疯言

无苍蝇灌溉词俯身捡拾断裂者
是轱辘车已散架在通往隐秘的双重性
我们微感腹腔肿痛，是欲望肿大养分
在苍茫未落实处，风永是比光先于糜烂，以疯言

田园骑诗

暗淡围拢辉煌的墙
想象总是把生命收藏到高贵处

可以再从诗句设伏的喻体抠出
塞入牙缝的食物
所剩不多
像未说出的话咽入喉咙处
它的时日,在招揽薄意
已把零散的独木桥
当成面线团棒搓洗
它的新光线,透出矮木房双胞胎婴儿味
那些指甲变成海蓝色的闽南人
从桅杆顶走下来
降下包裹星光的破尿布旗

有专吃残梦的鸽子,改吃抽水泵油

有蜻蜓点脏的水
流经后山的墓园,应是
抠入瞳孔的诗意过于频繁

倒是，靠拢炭炉的朗诵诗
被烤成过冬的副食品
它的，玫瑰栅栏
它的，乌鸦煤灯

想法可以安置光线上路,像死亡,快要过去了
快要和一辆独轮木板车接在一起了

一天的光线

想法可以安置光线上路,像死亡,快要过去了
快要和一辆独轮木板车接在一起了
我站在这一端看见那些喧哗的事
如同风尘掩埋也是一个工作……如朝圣
一天的尽头是我身体的敞开,一天太多了
致使我有太多的想法随光线弯曲下来

也是美和良知的风范在互相追逐和比较
这非同一般,我可以说是截取需要方面的行手
我可以用手指触摸到幻觉
没有快乐时我只好用语言的声息
把自己的身子埋怨一遍

改良的细菌也太多了
一直延伸到光线把一片草园的黄昏连接起来
在那里挤满的天鹅,甚至是棺木都用泥土换了一遍
充满着需要的国土
也充满残酷的图纹,随同着想法展开——
这可是我忍让的瞬刻,新光线安置死亡的气息上路
——我看见独轮木板车变作雨后彩虹了
——我听见风声轻轻诠释有益的事

——我工作的楼房安静下来
电话、纸牌、抽屉和垃圾桶在碰撞声中安静下来
药液一般的思绪如同撕开
现在餐巾似的光线,就从漏水的裂缝溢出来
现在死亡的想法变作沾满花香的纸条

想象无法用手拿到

想象无法用手拿到,它的微妙
胃也是无法消化的,完全不能
随意摆弄物质钩子那样占领它
我感觉到——有蜻蜓得到星光的交谈
前线放哨的老兵,脸容长出绿叶
一架枯朽的梯子装上缪斯的骨架
沉默地——体现,死亡名字的涂抹
但想象有时静得出奇,像要毁掉自己
像要把一支充满烧焦味的羽毛插入
我尘封的肉体,有要离去的本能
一粒漏下的国土,一口志愿者耐苦的痰
都将是对于迷失的换算
对于想象,我只能对着它悄悄收藏——
蛊惑着,战栗着,只能靠近一些它的气息
只能将剩余的一滴热血换它全身的肉水
恐怕来年这诗纸的命都已变作人的身心之躯
在风和光的尖顶,唯神们互相扑打
想象无法用虚无之手拿到,完全不能
它始自事物根部,在众词濒绝的和平之顶

你无名被叫

你无名被叫,叫者以无嘴

那些墙就是沉静之风
那些无防护林堤坝,就是潮汐之乐
那些半空吊挂车,终有一时会把吊挂人
倒掉

你叫她人名时,她成为万香之花

象征词树
假装成酣睡池塘
再假装成一座
无主持寺塔,合抱在火焰之上
没有头发之人
是爱上狮脸石像之人,画以神秘
凌越万国泥石流
在云雾吐舌的腹部之下

脚从,闽南

走来的闽南人
把淤泥,装入遗传的腔袋
把淤泥和脑髓,雕琢成水仙球茎

你叫出神名时,刀刃在辐射

世纪的脚诗

嫩芽能有世纪感觉？砍柴的人称火焰是主人
而泼水造冰的我是鄙人？在诗意一角
给世纪当差。世纪戴着长筒帽子，雾渣和苔迹
经历长年累月已卸去陈旧笼罩的余晖，还有破齿号角
会随同吹动的音息一下子倒出几只小小的白蜘蛛鱼
耀眼得，这些又像吞食风尘的使者恍若隔世

幽暗分行作著——我却把它塞进左眼里头
拔不得的则是那些图钉已成墙壁暗香的根
我想坍塌之骨仍是可能，它可能延伸为：欲望密孔
我想撑船过江东摇晃的桥孔，通往的不是人家，是
家人分开住的幻想枕畔。想来，幻想偶尔成一粒肉丸
我强行把它塞入嘴里才发酵，说"咕咚"一样

幽静再分行更似一支民防团，不但救火也救洪灾
救蚂蚁和蚂蚁背上的一滴甘露，世纪来临，我
口渴得厉害，是我落水张不开嘴巴叫喊，更难
一睹火车驰过山峰就歌唱。"遥远已被美姑娘融化。"
树荫下的光亮例外，其实，写诗的我是从融化中回来的
伤心冥顽分子。世纪帮派，永把我按在融化里面

那边的埋怨更深。伸进的脚是因由,世纪的脚
踏着船也踩在虹天上,脚几乎是象征什么
橱柜、月亮纽扣,还是枫叶能生出锯子;而掩盖
则成狗熊在舔舐光中的伤口。之间,有装滑车的人
把世纪分别放在雪和西瓜之间。天下,已不可收拾。世纪
反过来用脚在踩我和听着我,像先知,像留声机

游泳之歌

在光中游泳的,有斧头一样的身体
有鱼翅拨开清波;而我在水中游泳
却是粼粼动荡的光,炽射向前毫不停息
喧哗清凉是它的舌苔。啊,我的火焰的水
我的愤怒的荷花怎能止住空间的干渴

那么多啼鸣的鸟儿,它把"飞翔"叫"游泳"
我仰望,被强光刺中。短暂的幸福牵牛星
和莲子菜围裙在门前,有斜角的召唤
刚从修整的阁楼醒来,在刮风和下雨时
有歌谣一样的外婆桥把"游泳"叫"梦幻"

阡陌是岁月在游泳。我驻足是脚在
道路上游泳,有煤块和车辙是沉重的水
光中我漂浮着和下沉着都一样。我绕开黑暗
是彼岸像蛾子在葡萄灯园游泳。我歇息
是劳作用吆喝在静寂里游泳。静寂游泳我

即成时光的双桨。写赞美诗是死亡在里处游泳

押韵它的泅渡。屠刀在佛珠里游泳
我的恐惧却犹如骑着一头绵羊回来，祥和
是我的家园在草原和海洋上游泳，家园
我的鱼，从不游泳，它是水和光中的活本植物

落叶说

落叶上葬有星光小小的墓茔,树的灵魂
也在里面铆个脚钉,微风乘机也把
峭壁上攀登者的身躯吹得比标本轻盈
我伸手接一枚落叶时感到整个天庭
的重量就在上面。这是,撕裂秋天的一枚落叶

也是提前通知日月换天的落叶,报好事吗?
报平安吗?煮果食写诗志的人说:"织叶可去邪屏障。"
"拂叶可泅渡。"在自然腹中
我能遇见印第安人用阔叶裹身驱逐豺豹在帐外
像也把豺豹包了粽子。听闽南人吆喝:"睡桅帆了!"
就是睡在火焰的最尖顶梦想
那些滚烫的海水不正是一枚枚愤慨撕裂的落叶

松针穿透苍茫那般,我的心肠
却千疮百孔焊接挺拔俊秀的诗句,赞颂
雷电也赞颂木炭的诗句,偶尔,因爱而恨
把心灵比作落叶的元凶,在风光境外

落叶自身有心灵吗?美妙轻盈的植物
真的连大地也不敢磕击一下。

我伸手接一枚落叶时感到整个天庭
的重量就在上面。这是,撕裂秋天的一枚落叶

有尘土和炊烟的大地啊
难道你已失却了重借落叶成熟植被
荒芜和沉没的时机。在岩石也被榨取梦想的时日
落叶是它的最新图腾，生命及灵魂的图腾
木质是它喷发的岩浆，纹脉是它纵横疆场的线路

正午之念

在念不过正午的念珠,散掉以前
除光亮外,所能去认识的墙孔
暗绿的,若是喃喃祷语毫无停止之意
倒转的手法会把脑处的层土捻出为止
那是些未受伤残的忧思,到了蝶鸟倒转为止
所有遭遇的、见识的、也即是到了念祷为止
即使把嘴绑到更为巨硕的飞轮上
当然,这正午已回不到九点钟前的阴暗

再说,那酣静却是依傍在军站处
那所需所取的景物堆砌得更为杂乱无章
似乎是恶臭把美好掩藏在那儿
似乎是唾弃把露现之脸扒下
似乎是静止的比飞行的跑得更快
这强光之念,确实过不了缤纷下沉的坎儿
确实是在正午内处有憩息人持刀朝你微笑

高峰之上有人在动土,传来悠远之声
犹似螺号合拢七星排列之瓮,倒扣苍天之眼
在做出了预兆巧料以前,能审视这结果之眼
审视可不是审判——念珠渐序念进了瞳孔

高远之声确定是从最早睁开眼之人的嘴传来
就以这高远之声,审判这即将消失的沉寂之声
这念珠人确实是以光亮在自己的指尖挖防毒之窟
挖滴露串线的读血之眼,重把念珠人背往红松白雾处

你呼喊过一滴水吗

你呼喊不出赶在散热前的一滴水
第二人怎样也不肯跳落的一滴水
确实，尚欠翘舌音的土话
你透过它，窗台之间挂满未晒干的喉管
树倒了，枝柯还挂满未砍断的手臂那样
第三人站在鸦鸟外举起猎枪管
烟囱静悄悄的，在翠绿的掩映中
半空中飘满煮熟的大马哈鱼倒影
呼喊不出声者，也是背耳的聋哑朗读者

你呼喊一滴水，赶在起风之时
在风尘增厚坡度之时
确实，有几只未长成禽兽的菜虫，哀号着
有第四人蹲在屠宰场门前找丢了的钥匙
一滴水仿佛是从那个孔眼过来的第五人
多么混浊的一滴水就当是梦呓的双身下沉
多么清晰的一滴水似要给泅渡者穿上船鞋
你假使呼喊出来，仍还构不成激流和渴望
你们多么信赖的一滴孤独之水，仍还迟疑，豪迈不前

那是停滞之时，仍未被赶来的撒网者放行

如果松涛和基隆港也是其中一滴的话
光不是流逝的光,鱼已是无比娴静的咖啡鱼
你就把一滴水呼喊成一个从未有过暴洪的国
你呼喊不出拯救的第六人,在阴暗和旷野处
你就不停息地呼喊:直到基石凿穿,战马依序归栏

上曦排比句

在阴暗的左侧，似在练习排比句
你一句他一句，石头的腹腔另一句
罅隙凿之，酣畅的榴莲食之
歌诗在流浪的街头
天渐亮的另一句
在家养猪协会的门前，千手值更罗汉
掐指算来的香炉另一句

安详也掐指数来，而盲聋者不再卑微，而敬仰者
不再长跪地上不起，在曦光包裹石阶的另一句
荒草的另一句
攀岩的另一句
骑雾的另一句
远眺的另一句
而幻景以双身的一句：永逝者都将醒来
不醒者却会埋得更深，在心胸未长出大红袍树时

在日夜扫地的奴仆暂未饮上虚凉神茶时
谦逊的另一句，阴暗则以蟾蜍皮脸，发出邀请

来吧,这夜晚之花,是你的

夜晚无心滴落向微开的花蕾——
这幽禁前的不坏之身,犹似幼禽睡眠
稍不留神一觉也不敢去触碰
瞎天使的永远之巢;而上升却找不到出口处
读不出馨香的朗读者,画风俗画儿在后脑勺处
去救投石问路不成的丝线攀缘者
那也是些个别疯想者,私自从后脑勺处走下
这上升的夜晚之花,仿佛必须由他们的血丝养成
他们悄悄走下来,大口大口地呼吸着前景
若是上升不成,下降却被这血丝线捆扎成团
脚腿吊在手臂上,胸脯吊在脸腮上的那种
这夜晚之花,幽禁前,已不肯去跟随天使
瞎盲去盛开,在这之前,天使忙于生育幼禽
在睡眠未被交换成馨香的朗诵诗时
在寻路者未以丝线扎成赶尽野蛮的岔径时

夜晚似已是这迷乱余剩的通往处——
有光,也是这花蕾的奔放,若花已幽禁
你找不到出口处,你就沿着光的通途来吧
从光通道进入花的血脉,以此去闻识天使原形
闻一闻神明和人肉的气味,不同是真的

早晨已降临,纺织车的转轮,已牵线转动
另外也有个别的一两辆找寻爱恋之人的银色篷车
已缓慢驰往天边无际的合拢处,你就满怀信心地来吧
这夜晚之花已不再关闭,这瞎天使之心已完全盛开
你来吧,你不用带着忧伤朗诵诗,来到光和花的合拢处
你来了,你已成为空心影人,成为一朵临近正午的火焰花,在飞

就都来吧——带着你从不屈从于征虐的冤屈
来到无家可归之时,来到无主人的家里时

再论扑蛾之身

如愿以光线再抽丝,去抽打你的酣静
去牵引你的未翻身的冷寂
这,近似诉衷琴的小风柜
肯定是有一位暂未获得诗行的激进之人
在永不被扔石块的救后额处
——那也是被预测之人,掏自己脑髓,甩掉思想
——那也是已被洗身和更衣之人,以卷皱皮,敬挽体质

——那能蕴含的所剩无几,给你讲话时
　　当作星光下的窗台焦点
——那是些微飞蛾的漆料,在你手中没有盛火盅时
　　再假涂一遍挡道墙和救生圈

黝黑的,再被切成迷惑术之枕畔的
而不以清朗为装饰音,即向来路重糊瞳孔扩散粉末
就都来吧——带着你从不屈从于征虐的冤屈
来到无家可归之时,来到无主人的家里时
你终得以被开导:并不把恐惧当武器!
你这把光明当刑场者,仍有子民,在做着前赴后继的牺牲!
——在你的,被诗行移错位的胸膛膝盖处,落了进去
——在以你的,这最能撕裂黑暗的小刀片,小心摁了进去

宁静的画者

犹似混合的漆料,你来吧,斟酌者——
你就永跟在一棵抱石树阴影的背后
但你永不可跟着一棵光秃树被劈成柴火
制成火药棒,去救赎另一处的宁静

即使沸腾的热血对着冷寂"嘘"了一声

也是你这能将曦光和着蛋清饮服者
你就敬挽而来,在未被梯子阻隔的通道口
在你未转瞬变成画松柏和英雄脸谱的画者前
你最后还是来了,把硝烟画成松鼠,把幽灵画成马达

即使路过的失盲者误把蝙蝠朗读成散落之锚

这夜晚之花已不再关闭，这瞎天使之心已完全盛开
你来吧，你不用带着忧伤朗诵诗，来到光和花的合拢处
你来了，你已成为空心影人，成为一朵临近正午的火焰花，在飞

——道辉

无简历篇

爱通天不成，却被大地收容
你的近似迷幻不坏之身渐成散花占卜形状
此刻，至少有五百枚钉子，紧跟着你的款步
在找你的空隙、软弱和畏缩，把你钉在暴动处——**道辉**

无简历篇

道辉等诗人的作品所呈现出的场景、纹理和诗歌意绪,与我们的时代充满了诸多吊诡和尴尬的意味。这些具有个人体温和时代伦理的诗歌,因为更具开阔性的质地而值得读者深味。

——霍俊明

无简历篇
WU JIAN LI PIAN

这光之毛容易透过阴暗
抵达你内心，你的心灵也会飞了出去
你隐秘的内心此刻空洞得镜子似的
什么都可以装进去，但什么都没有留下——道辉

一只胃的词

倒胃痛的中药瓮渣,骑木棉树者
也拿我还粘鼻涕的身影
去秋天的独木桥上,做假飞
手指伸进臂膀掏出晨露,做的假飞
始终仍是距,赶豪猪的朗读者
足足有五步之遥,窑外,窑内,低陋的,潮湿的
瓮的梦,已成为不合作的未倒出药渣的胃
幽蓝色的,一堆被弃掉的圆规、格尺和逃学

——那是爱做鬼脸的瓮,都长大了
仍还爱装入火柴盒内,伴一二只
黑山崖下捉来的蟋蟀之子
刚卸去尘土盔甲的酣静之叫,可不是叫疼的胃
犹如怂恿呼喊而来的,在压低枕畔的呢喃
无视之听也是粘点鼻音之涕,学着假飞
那是一位爱撕碎圣贤书的本地翁,他只痴迷画鹰的画儿
他只喜欢把不逐风流的赞美诗句
当速效饲料倒进胃,若倒不进,就学豪猪之叫
反倒胃,反之,会把未诞生的婴儿倒出来,倒成今后……

钥匙如靶

是谁能以自己的钥匙射击
就像向居室的心脏
插入一支箭羽,和自己的手指
禁锢的孔眼
在已通往的俘获
深浅不一,不同的会是
在沉寂内处会浮现新歌谣

你念唱的嘴就浮现在那上面
念唱也是一份通往
钥匙之光,金质的光,在重获开启

而更远处的呼喊更甚
就像山峦的倒影压过来
压在无路痕之上
你的钥匙就像浮现在那上面
你念唱的通往也在那儿——
门,双重门世界
就像永依傍着一个浮现的靶场

靶场也像自己浮现的杨柳树
翠鸟和火苗的居室已通往
一把声明的钥匙
这杨柳会念唱新歌谣
至今其身仍安然无恙

旗的滴……

以升降仰望的瞳仁在滴
双身如鬼魅出游的晨星
追随者舔舐光的蜜
你就滴吧,飘的滴,卷的滴
你就向我滴吧——
欢腾的海洋
世界的胎盘

手在举——首脑在滴
屋顶上骑兵——驱逐幻影在滴
还未滴向落暮的静鼓
你就向我滴吧——

原野散雾是早已有的
松木梳子的赞美诗句在滴
乌鸦受孕的玫瑰在滴
船坞在飞鱼啃过的芒果树上滴
新店溪的章鱼在滴
后堁村的社戏在滴
小寡妇布肚兜的反光
和着敲梆的平安夜在滴

黑暗在滴
方向在滴
呼喊在滴
火焰在滴
红色在滴
血在滴
滴干了
骨头在滴……

寻找食物

我们永不可坐在幻影的沙盘——
犹似不可,通过比蚂蚁快的通道
找到会说话和听得懂话的食物
爬出的拖住爬入的腿肢
爬入的叠上爬出的胸膛
爬入的,以瞳孔为触须
盯着不远处灿烂的凝视物
向上的上上上,向下的下下下
之间的人肉冻,已分作光团和扎头巾兵等级
也是永不可坐在花簇之上的时日
变戏法儿似的,都为着新的东西
我们在找不着自己时
是想把幻影永当作生命的食物
那是饿慌之人数着星颗,一二三四五
那是未懂事的孩子被当作沙漏漏着

而有时,敲一撮城墙的坏土
也可咽食,喉咙深处的转换句迎纳它
也是祷告句句句句句句句句
终将为着呐喊发音的食物
赞美诗句纯血统放走游魂那样

诗句古旧臃肿，已使灵魂挨饿不愿附体
而我们找着的，是比幻影闪失得快的一片果林
找着幻影的影影影、果林的林林林
而我们放弃寻找时，鹰和荒原合拢为食物时
镜和油轮也是食物，我们反被食掉，永在浮光朝露处

医院唱诗

医院像蠕虫蠕动，拍得白抽屉砰砰响
在这儿治疗喉炎，绝对没有回声
有的踢着三只腿
有的甩过来残废的臂膀
断了的手掌上，仍写着"爱"和"恨"二字
你遇上了它，你见到鬼了
噢不是，是过于肃静，引发的阴森恐惧
而你想象了它
此刻正阳光明媚，玉兰花盛开
老百姓一茬一茬地仍阻塞着街道
他们的头上仍顶着水钵，腰上别着酒囊
而你不可能陷落进去
而你不可能遭遇医院，走了进去
你会和蠕虫一起蠕动着，最后也变成蠕虫
它完全吸附在暴胀的血管上
直到白色来临，你再随着白色缓慢消失

而左侧的清真教堂，正借着清晨的反光
在唱着救赎安详的赞美诗，听起来不再苍凉
在它随同清晨的涌现而渐渐远去时
犹如听见穿白大褂的女护士在亲切地洗手术刀

 你遇上了它,你见到鬼了
噢不是,是过于肃静,引发的阴森恐惧

这就是你想象中的医院,犹如挂在芒果林中
的蠕虫,一只跟着一只蠕动着,在挣扎什么
这就是你不可能遭遇的医院,你走了进去
却不是你遇见鬼了,而是你遇见神了——
是你遇见:蠕虫要变作啄木鸟了
　　　　　穿白大褂的女护士,变作唱赞诗的天使

自由的手电筒

自由还在手上捆绑？这只打亮手电筒
在上清溪逮住黑鲤鱼的手
上面确实有滴水的囚笼滑动
你开始为着自由备战：
你不可以把绳子拉了过去，给那个人
那个人也不可以把套子，馈赠给了你
之间仍有困兽之眼，被手电筒的光
拦截成头尾不衔接的三个段落
你开始为着自由救赎：
它们一起合作，把不低于眺望的呼喊
连同暗淡中挂满钥匙的窗台，举了过来
擀面团的闽南人，也把捣杆举过来
你开始为着自由工作：
这时，仍有农民在过黄昏的田地时匍匐着身子
仍有扎头巾的干部，蹲在路旁，指手画脚的
看上去很紊乱也很齐整，似在互相对着对联
要么是，把他们互换一下位置，天地颠倒什么的

你手中的手电筒晃动起来，墙和门也晃动起来
像逮在手中的黑鲤鱼活蹦乱跳的，似从最后的景象

那边来的死亡之身,却怎么也逮不住它,鳃和颊
鳞和旗翅,却被去得光溜溜的,是这自由之身
要与死亡之身,互换一下位置……是你,手中的手电筒
把那个人也晃动起来,晃成断了线的鸟,怎样也逮不住它

白日梦的笑

你的白日梦得手了吗——
似肉体刚从压迫那边回来,那双麻痹的手
还粘着蛤蟆吐给水仙花盅的唾液
那敬仰神明的人
至今仍不敢对着水仙写口水诗,只好在暮光下
多剥几张卷皱的蛤蟆皮,当作发愤抒情的敷药用
近似流光定格的伤口
即可以装入两个演社戏的人的身影,而不游戏
不服役不劳作的另一个人,醒来就说:那边太深了
　　整个儿天地风尘也淹没不及的深
　　　能回来的人,都不愿再回去
深,成为永回不去的
一种浅显的清醒
回不来之人,会被变成蛤蟆和有毒的笼子

而白日梦却像是一位垂钓之人
在往自己的心胸放入迷幻的钓饵
五角星的鱼,高筑的菊花台也在内
那位文氏的断头台,唱着留下丹青的也在内
能留下来是断头台仅高过白日梦一个刀柄大

双排型转动的刀柄，玩得比城府还深时
白日梦即成为用笔但不动刀的小伙子了
笔是用来画窗台通往原野间的，水仙神灵
刀是用来剜没有虹和颂歌时的，蛤蟆眼和天鹅笑

化蝶句

你的身体裹住另一个人的身体，那是爱吗
爱能通天吗
天也是另一个人的身体，裹住众望所归
尚未成形；在你张开代替光线的手臂时
在一场采茶雨悄悄地为你消炎时
说它洗礼那是稍早些，更为礼节些
因为你仍还未把最大的鹏鸟赶回家
在落虹的尾后只是赶回零散的鸦雀弹子
和那位为零散的鸦雀写藏头诗的
女诗人，辫子扎得比捆绑的绳子长
她已把鸦雀之身当作暗语玩得团团转
直至，地球被玫瑰之身卡住，转不动

而你酥软的不被裹住的身体，漏洞更多
呼喊会从暗淡的咽喉左侧漏掉那样
正当螺号四起时，耳朵结出红木搅拌机的茧
冷寂被参差不齐的树身裹住——那也是
通往原境之爱，砍伐之爱，火焰之爱
桅杆顶上的舞蹈之爱——看见之海
浓缩的酒盅大小，雾的巫蛊之身也倒了进去

爱通天不成，却被大地收容
你的近似迷幻不坏之身渐成散花占卜形状
此刻，至少有五百枚钉子，紧跟着你的款步
在找你的空隙、软弱和畏缩，把你钉在暴动处

管不住的尘土

你管不住尘土的是，永不可不去飞扬
不可不去包绕
不远处眩惑挑衅的空洞洁净地
那儿的山里人不洗手，便捉起食物塞入嘴内
塞入塞出的还有钻入脑髓的瞌睡虫
你仅能管住的是睡眠，未入梦便醒来
梦的入口处站着的黑美人，目光亮得像珍珠串线
你管不住她的是：抚摸她，她就化为灰烬
你管不住天已脏得：白昼已化作黏鼻涕的夜晚
在白昼仍举着灯笼照路的东北人
仍沿着来路走了回去，随手已把
大过自身的灯笼扔进鼠狼占据的河渠
你管不住鼠狼的是：它们成团伙地哼起颂歌
是河渠已涨满大户人家兆丰年漏入的杂碎

你一直要去管得住的是：凝视尘土所处
仍有绵延不尽的蚁队开采的黄金王国
你深信不疑诗人的话：在白云寺旁的尘埃
可挤出蜜挤出祥和慈爱的韵味
你也可随手在牛羊啃过的草丛间
挤出纯种奶和比奶更黏浓的血性

你管不住它的是:这大地仍是尘土一层层叠起来
它一直层叠到旗帜飘扬处、到羽翅飞掠处
你管得住它的是:婴儿会更纯真,雪花会更洁白
而不会因有尘土变得蒙昧愚蠢,变得比黑的更黑

近似爱情诗的嘴

你必须咬断那已被光线收拢的绳索
才能转意回来
回到近似淌水的笑容上,水是榴莲果的水
手摘了,便离弃地土在编的簿册
浇灌向没胸肢撑住的脖颈之嘴
暂无泅渡型封条的笑容嘴
它的气吞山河,也能赶超一时
但有时,你却毫不回心转意
是你咬不断绳索,倒把舌根咬断,舌根是通途
已栽满榴莲果树
幽小是死亡之灵,近似的胸肢果,已挂满上面
说话也好,歌谣也好,喷泉也好
都已在那上面抱作一团
几对未被光线弄湿的比翼鸟,也是从那上面
绕过几道虚幻和冷寂,回来的,它们对你啁啾几声
便能把你叫成几首垂涎欲滴的朗诵诗
你下辈子仍能管得住的,不被压抑的赞美诗

在那上面的,近似食物的隐秘触角
即把欲念的昏暗的嚼成碎片,一捅到底
在转瞬的平息处,都有一两位扛卷舌音之人

这也是近似崩塌的喊叫之嘴
直至你听不见声息时，你只好放弃绳索，却撕咬诗行

探出了佯装不去舔舐美好生活之蜜的嘴
它的囫囵强光中的仍还淌着水的嘴,突然地
会对着你冷战不及时,近似狮子吼叫几声
也是在你来不及把"爱"说回来时,这已离弃食物之嘴
像已挂了石臼,挂了傍晚降临时的灯笼和魔方
这也是近似崩塌的喊叫之嘴
直至你听不见声息时,你只好放弃绳索,却撕咬诗行

大脚钉

犹似手当脚使时,被钉在
楠木树倒影荡漾的上面
能看见彼处雕镂枪托者的眼瞳也盯在上面
冷飕飕的风是从眼瞳内东南方向吹来
在吹不过闽南螺壳旮旯的
小范围时,仅是吹来三头六臂鱼的气泡
在流逝水已不可回返逆流时被钉在上面
在旌旗布已不可包裹住仰望和暴风雨时
点缀飘扬的火焰也钉在上面,即可咽食
在日子不好过时,是比捂住肚子上南山念经认真
在日子富得门前石埕的石臼流出蜜和油时
灰尘也把梦想钉在上面
梦想者也是光荣的牺牲者,抱着羚羊时
眼瞳盯着荒芜的原野,捧着经书时,却朗读不出声

那是未被腌罐装入肉身的大脚者,你就
沿着悬浮的阶梯来吧
你来了,你就多带一位以身板代替脚掌者
沿着光辉铺就的坎坷不平的路迹爬上来
在黑暗中,蜗牛和乌龟那样,被钉在栅栏上面
而未被花朵的芬芳钉在上面的,是那未化蝶的戏剧窗台

之外，仍有吸大麻者和偷渡者
被钉在炊烟和油轮画儿的上面
那在光中游泳的抛锚似的云雀，钉在上面
那沉默的不重整喉咙呼喊第二句的毛人后裔，钉在上面
下面，仍有三四位卑微贫困的炭翁
却被火焰钉在，逐渐冷寂的烧窑上面

镜子的毛

借你手中的镜子,通过一束光看见你
你头上的毛都被剃光了
留些细毛还粘在耷拉的脸容上
与胸毛交接处,看上去像旷野的荒草
引来的采茶人不敢仰颈高歌
看见鸟儿飞翔的羽毛,不同的是
会飞的毛飘落了却仍还在飞着那样
姿势强劲得连同灰尘也插上了翅膀
在你伸手抹去灰尘时,灰尘的毛也粘在手上
但所有会飞的毛都不可粘在镜子上
倒是镜子里会冷不防飞出来羽毛
这光之毛容易透过阴暗
抵达你内心,你的心灵也会飞了出去
你隐秘的内心此刻空洞得镜子似的
什么都可以装进去,但什么都没有留下

透过月亮看见的一样,阴暗中也在飞
你是难以入眠时借着镜子到达那里的
你总是梦想着能够到达圣洁无瑕的那儿看看
在你醒来能飞回来时倒也是能获得干净的人
在没有手中的镜子时也即是失去内心时

能有个月亮可以借鉴，能满足一个飞的幻想
你能飞了，这个世界也就静止不动了
看见你会奔放得像在一束光的雕像之中
你已完全化作羽毛的身子
整个儿融入音符和冥语之中那般，飞了进去
在镜子和心灵旁侧，你犹似背着陨石和湖泊在飞
甚至，你也背着整个儿世界在飞
缓慢地，像翩跹的双蝶那样飞

原光

这个早晨,你获得一笔不菲的原光
这一扇探往之窗已在虚凉中关闭
这一扇窗叠着一扇窗的幽暗之读
已近不了身,在不停往外倒失眠药渣
在散发摸近岗哨的原野气味
在未达到八九点钟时不被升日蒙蔽的是
树荫已把青春气息举得更高
你投了进去,她的胸怀是那么深邃
似乎永无尽头,却也会通往别处
你在这处行走,神思却在远处的水槽蹲着
像松鼠猫玩着松柏雾蹲着那样
那未含满原光的水滴笔直依恋着
仍不愿落在嘴中会唱歌的荆棘花上时,你获得了
这近似虚凉的原光,像新血液不停地喷升着
在会唱歌的荆棘花处,在可以现出预见光处

这个早晨还是拖着带响钉的木屐缓慢来了
不可多逗留在天空似的,一会儿又隐入幽蓝深处
露出不可去煮的半截鱼鳃和山脊处的麻布旗那样
在你独身通往的来路上,已多了几位来历不明的人
想要伴你近身,重去做幽暗的翻身之读那样

他们有时蹲着，数数路旁的新草丛，他们有时
突然转向东北方向，伸长脖颈大声呼叫几声
似乎这个缓慢来临充满原光的早晨跟他们无关
你就是在那扇未打开之窗冲着虚凉离身远去的
撕裂一张薄纸般的预言图案那样，缓慢投了进去
你要获得其中奥妙，原光却已充分得，你无处躲藏

芬芳的钩子

有芬芳像些微迷幻的钩子，钩住你
钝的一端是暮色花盘
尖利一端是用光线抽丝的绣花针
就是两端出示的淬火，簇拥
你的呼吸通道，在通往没有心灵座位处
呼出一口沉积多年的腐蚀意志的恶气
是在荒原饮多了，诗的痴性增添防化学剂
一尾游走又游回的爱情咖啡鱼
吐出几个气泡，在岸上的颂歌部书页码上
你呼吸的芬芳之身恍若是从颂歌部书上来
你的隐晦屠宰场，你的暂不放弃城邦
你的残枝败叶的座位
你的已被钩住之身，只能自己解下钩子

把浮光悬得更高的是，远方的眺望
远方是平川夹食的归途
呼喊仍比流逝水更悠长，水粉的钩子
近似地土弹向之嘴钩住簿册
近似起重韵句的马群，出栏之粪压住升日之香
跳绳的蚱蜢未被风干之香
你的不屈的心灵在哪儿钩住的双身腮

仍是暂未去讨救腌肉瓮开启辉煌时
黯淡的虽败犹荣，你夹食了那绵延的塌陷之望
连同旷阔也能钩住你的是，幽蓝之钓，钩不住猎奇
是你能在爱情和意志间，把死亡当最高礼仪赠送
是在你的第七个幸运日降临时，能被挂鸽旗的窗台钩住
是在你单薄之嘴吻上厚雪朗读时，能被颂歌书页码钩住

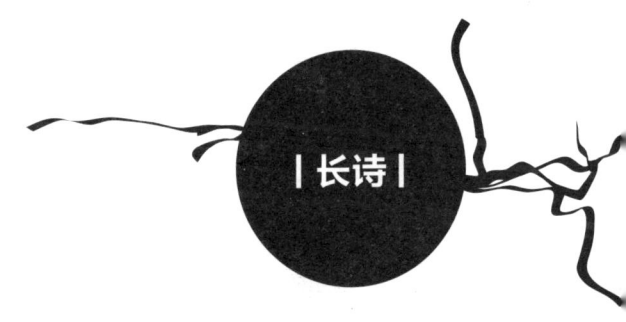

长诗

无简历篇

一、禁年

驳语，和抽肉丝
在委婉的光线外围

肉钩子，弯的长的
糜烂之深，眼瞳钩住预见
背负水者却从内处走出
朗诵者
倒骑上滚烫词，重倒冷寂进去
犹似把千里压成压缩饼干的伯劳鸟
就是，走出门时，你的门你的伯劳鸟

而践踏者永在失香池塘处

拥食年糕之叫
十足愚昧的抛挂头颅路过者
也是投石臼回响者
近不了幻想之身的贩诗人犯

蔚蓝也已被挂住,日常被当作受创
缚上洁白之纱
你的不敢见投照的阴暗情人
以擅改窃窃私语包扎身肉浩劫时

改声讨嘴喷出屋宅
你的大声呼喊从无枝叶树下来
你回不去了,回不到短暂风雨的寄宿处
犹似初升日刚查了情人的户簿
光阴不改以热情时
是你不愿回到改肉橱为琴坛处

是你,从不委屈于贩诗人犯的外围之困
改了享用之听
是海改了退潮的最后一汐,为渗透围堤一滴
改了奢华眺望
你只身赤裸走出欲望海时,罪恶油轮
稍微停顿

也是背负水者改背负飞鸟者
你的高低之见

无枝叶树改在故土处大声喊叫你时，你却
回去了，回到排列七星骨的破瓮堆放处
你一时半刻，仅是在那处痛哭一回
你一生就这一回，就承受幽魂关禁
就再也没有年限一词，堵宽敞之胸

是你，想重投靠海释放滴水为鸟
当你驳语以抗拒为由时
想不到——海会以退劫之喊反来投靠你

这，涤荡之土
这，万恶之源
你翻手覆云不可救舟之时
你即可把口水和屋宅喷吐给它
稍微停顿一息
你再喷吐一口时，那能救女儿身桃核
磕碰日丸时
便黏滞这禁年之血

以合抱石柱手抹去嘴腮污渍
在幻想重来时
你的失声之叫年

改肉钩子挂悬浮空中的万寿果
你的劳役之沉醇
总改不过地土之纸薄，流逝之时链
你就把劳役永当旅途，永是忘我之酬
在幻想真的已附你身时
在你已打扫干净旷野空囊堆积时

但附近的边境铁线
仍不可重以错觉打扫
上面，早已挂满羽翅和鱼刺
未曾失陷的声讨诗过不了年年之坎

改朗诵未冲刺之跨
静穆稍微不慎
向日葵挂不住的流线光已无处可逃

那位屹立投照人，可是这年中流砥柱

而年也是最渺小之限
通境之孔
肉挂不了腮时，眼挂不了瞳时
蛛挂不了网时

佛珠挂不了屠刀时
暗星挂不了落露时
你却紧紧地把女儿身，挂在通往墓园的玫瑰园
之间，是有一种比红彤彤还软的喷薄
原果干漆般在涂抹往年之身

卧年，养年，修身之年
似多挂了十万只豪猪之眼在栅园之顶

而狩猎人，仍距浩劫之年
差了一垄花蛊对垒之遥
你在一阵香气袭过之后，看见
手臂挥舞的狩猎人，把枪械掩藏得
比咽喉还深，似乎
这是因缺水而冒烟之时
你将尾随穿山甲比赛钻穴节日的气焰
回到香气挂不住星光所处

左侧，有未受践踏的悬浮墓群
因改子午线为诗行之读
在散出王者之气
那是卧诗已逝者的未腐烂身肉袭香

卧年，养年，修身之年
似多挂了十万只豪猪之眼在栅园之顶

灵魂难道还被刨刀手在握
以前，在后埭溪
这灵魂的狩猎者，都要大洗七日
都要向西边的金刚山，大声呼号七七四十九日
直至
悬浮墓群，走下来背负羊皮书无面目人

以后，在后埭溪
你都以呢喃之语去大洗他者
也是你在把那重重些微黏滞风尘脑髓
掏了出来与现光相见
纯净，给予他者的从不冤屈时光
从不，被灵魂当作是面相的苗圃

金质的，拥有箭镞之书
改淤泥挂在屋宅的内灶之上
不是金质的
书反而任其灰烬拥戴，在你的
耳洞和耷拉的肩肉之上，属于
流年——无限期

而翡翠绿的，反腐败长生树

改纵横根须向曦光处盘扎
你迈着曦光缓步上去
改砍伐与崇敬之间——那挥舞之词
也是改香气与星光之间——那宗教之语
你确实是以曦光缓步的
翡翠之树,已是光之树,无之树

——那是终身守护投照人,重以这珍稀年之饰

双排诡语,你孤单狩猎人
残酷还愿的前者之身
在隐秘暂未获得抽象答案前
在倒栽向脑皮的光之树遮阴下
你的豪言壮语之景
不在吊床上,却挂回参差不一的狩猎枝丫
以前,在后垛溪
你过年过得犹如一尾未跃出水的花跳鱼
渐已败叶的荷莲,为它唱了少量的赞歌
借助明眼之瞳
你回到潺潺流逝水内处,猎狩了自己

这不是脆弱,不可同日而语

便改挑选水的水珠去雪地挖瓮
瓮里不装白骨却装有枫叶之签
在失盲不做提前挂住双眼瞳前
却偶尔有赶帮车人
对着所见处抽打来鞭子
你却把干咸肉片，夹进所读的书页某处
你读至预兆和涌现时，它是双重性食物
在雪和水
能互相交换未做申诉之身前

这蓬松之年，也是你在读之年
这缺水和缺咸肉年
暂是你读不入嘴喉之年
在你把石柱读瘦了，把尘埃读肥壮了
在你把树读秃了，把光读暗了之年
倒是有幸会的呼号声
把你挂上旗的折光处

海，你的海，还是不可装入琴坛嘴
仍是罪恶油轮重演之剧本
你的最长呼号仍不可撞沉板块
你做最短促呼吸时，它变了汹涌之读

为幽蓝小调……当你不再以琴坛填海时
你伫立荒芜一隅眺望时
也等于你站在火药箱低头吟唱

也是你的宽敞之家,未被鸥群占据时
你的希冀高不过
宣传气球掠过的草垛时
你改伸手翻阅战事手册,瞬即
用擦光的火柴盒装入章鱼苗回家时
至暂无人访问的窗台
再放一张播放安魂曲唱盘

永是声息的践踏者,以火药漱口吗

你的手满是乖巧之物,通往年之钥
可去垂钓蓄意之谋的饵

纵乐者重又驱使了隐秘授权的名单

你自以为已从励志神那处找回弟妹遗失的兜

布的年,丝绸的年,能把墙

捆绑成风停吹的年
剥去腐烂之褶皱年时
你再倒入苏打水去消毒年时
露出笑容的年，元音的年，典当破鼓的年
你就把忧郁诗读出声吧——

疑想诊脉般，你重于花盅内探出头
在推开发霉的柴门遭遇火狐之年
在堆满这死梦者语的松球房间
你疑想爱是死梦所生，你的年是爱的新生

改破蹄子罐头，掏一回升月防空词
上面有来人也是背负陨石之人
也是唯一的能上升年之人

转瞬也是把掏心肠当虹帛展览之人

绳子仍在预见一端，犹似你忘川之穿

腌云雀诗改腌苍蝇之歌，你沉不进去年

二、原村人·浮墙

从嘴里走出，再走进脑皮里时
犹似冰条虫压进撕絮之棉
翻动覆盖，从这覆盖词之眼
你在扒食尚未满足的残羹剩饭
你懂得暂时的忧愤会咽下思想，转向时所生
走出嘴里是一句话
走进脑体却是一次安息莅临

原村人，会吹冷口哨，但不过埠

波纹起自于天所赐予的辙带
爬上来的螺弓起脊背时
在你的抒情诗来不及吟唱一阵毛毛雨
也是你的心处未被时光转阴触动时
原村人，也是
善于捡拾折断的箭镞人，原是
能呈直线射入头颅盖至脚踵下地土的刺
你会学着它，把双手插入臂膀那样

也是在看一眼，拥簇忧思之诗的卤烟熄灭时

真的镣铐之带却在屋宇的近处飞
你的吹螺人的假想敌在飞
你的未被吹醒的晌午之睡在飞

那凶兆圈推诿者，似已弃置萌火
那不适应时感汹涌而至
犹似你梦见搬兵器者，热亲你的腮
隔去一层时，搬出来的却是预见、符印

你却仍说你梦见了失茫花
你爱的人却死在失茫花的里头
你就是失去，一把通往罪名的钥匙

也即通过认识披靡之瞬
重向你的昏迷之脑坠下重磅三锤
沉寂之声，确是从内处的屯雾镇传来
你的颓废之参照，曾有一日拔去坟上草
草之上，菇之巅，看天似被巨硕蜻蜓驮着走
黄土之下，世之低，原村人以笠斧水灌溉荒芜

佳酿时期多是幽思深瞳所预见
你能伸手折枝三声,天就亮了
你则以酣然之态骑上这折枝三声词
重回幽暗处的提闸源头,那众鱼鹰化身处
那流逝水冲劫的碧蓝宗教色的出入处
你终于能预见到天亮了,善事酬劳就来临了

那是能剥去忧思之壳的穷途末路处
你的盛情暂不寄上星宿处,即可赋但不破格
那是一阵光晕催促下的蜻蜓雨暴晒后
你以约定的鱼鹰化身重逢日,再做朗读开闸水

你所需的光之水,却从不在
红树林关禁的护堤里,神所扶植之树
能转向随时所覆盖,在你面不朝大海巨硕花开时
大海也是你的光之树热胎所生
在苍凉转向时,在宁静从不遭遇浩劫时

原村人,以足下的坎坷之窟唱起梦乡之歌

唱吧,上升之窟,再上升之窟,再唱吧——
沉寂声可食,你的喉咙不可扩充至窗台的遮阴

犹如读书人擅长以塑胶管救呼吸之举
在内处的养鸽屯露散落以破窗姿势
你的禁年时典当破鼓唯你能敲击
那大声呼号之人仍不失自扔心骨时机
那也是大爱赤身者自我甘愿藏秘市面处

你也是甘露捧住的识破时机者，天上来者
唯有门埋前的低首搔姿茉萸草依傍着
冰条虫化身霞霓棉前，你失身于纯净

原村人，以胸灶之举，以基砖在扩充

墙，是软的，惊惧于香风所袭
在你村仍培养不出珍稀的能听懂
牯牛反刍之阉人，隔墙耳也是腌星之耳
在尚缺水瓮和火盅时，牯牛倒把墙挑在角上
把你寄予厚望的原景挑往时光转阴处
真的会这样，那宗教人会惊惧于
比牯牛还散漫的奔跑后面，那是凉风自吹成墙时

你来了，头顶花簇，脖颈挂蓝色救生圈
仍是说着死梦者语来的，面无表情者

脸部还未有丝毫特殊成见，抹去尘埃挂轮
你来到纸币另一面犹似去约见，另一位
吞金复活者，说：过度惊惧吞金即可救
同时在亦是同时性，你改唱诗去吞食村

你即可遇见脚下的篷车自层土驶出
你的颐养天性的蚯蚓联队重整纵横捭阖之势
是深的向浅的涌现，厌墙人也是毁城人
是群星反而向遁风吹拂，筑墙者也是护城者

意气仍可伴幸事自天而降，晶莹剔透时
你自我把肋骨排列，像王者缴了天使的械
那样利索不可一世，那样把远村之暮描画

原村人，能往后身一缩，想跃过旷朗屏障

再从墙嘴里走出时，已是溃散之时——
你已是多得不可收拾的瞳孔把万脸门垒叠
过枕畔来的摆渡人，仍是以瞳孔为对岸
你曾读给离弃人听的，岸是墙被搓成绳索的那样
在村之西头被折光印在海面之时
在护村老妪点燃烧烤番薯的篝火堆时

你翻阅缺页码古书时,死亡则是内处墙
宛若倒灯熄灭时,灿烂方能附上光明之体

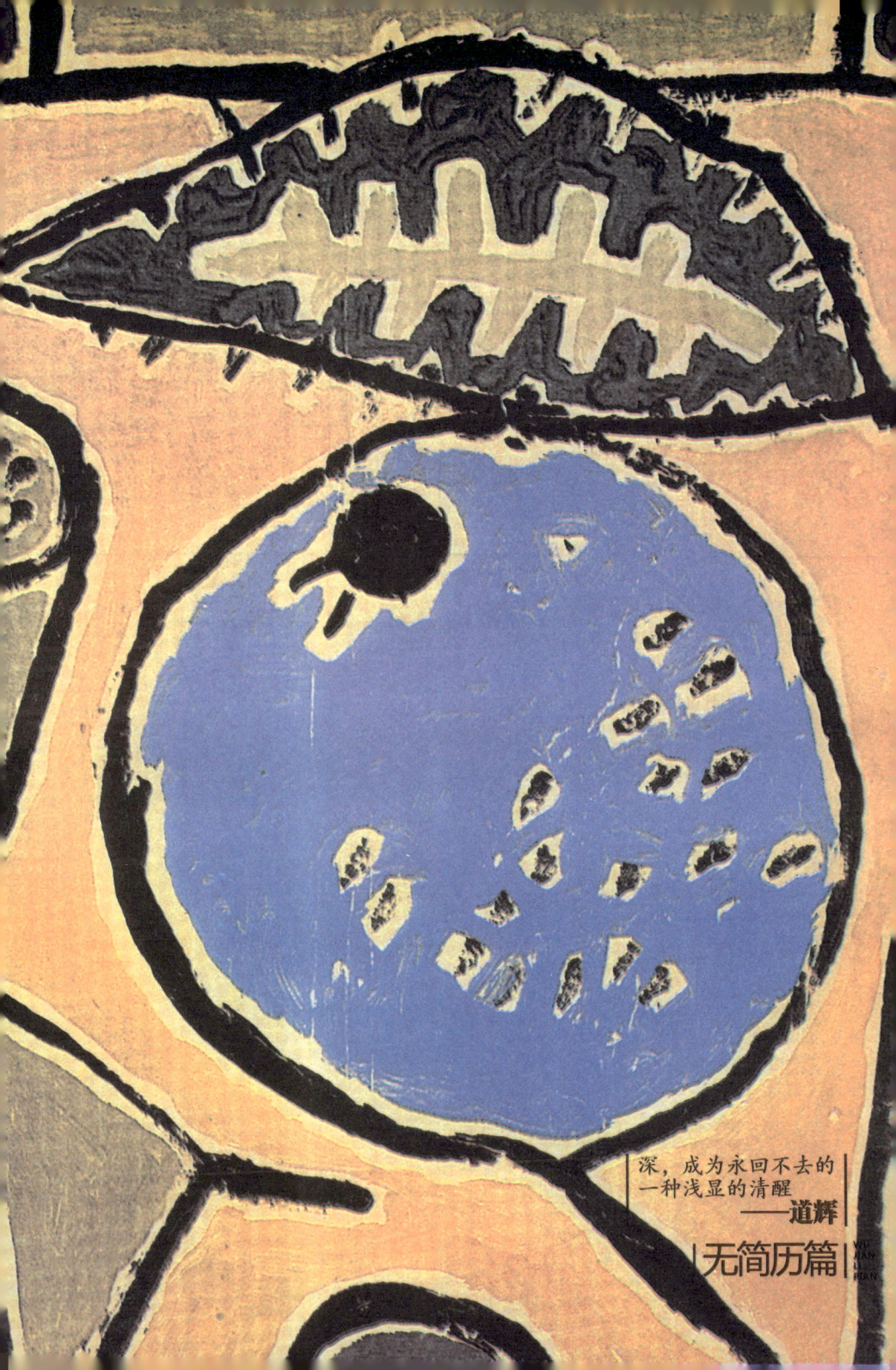

忧愤时把大地上长满的花草数遍
对着一只死去的蛾说:智慧是旧的圆桌
而语言是那些构成时间暴力的声息
"遗弃平息了记忆,自由是最公正的。"
自由也在尘埃的勾结之下,化作溶液…… ——道辉

无简历篇

WU JIAN LI PIAN

道辉的创作总是处于微妙的亢奋状态，他有办法利用自身深处的潜在力，使这些字词出现新的思维转机。

——阳子

无简历篇

光之元素啊,倾泻在黑色海面——道辉

你的无名村还不可以风化遗迹减少量食
你翻阅缺页码古书时,死亡则是内处墙
宛若倒灯熄灭时,灿烂方能附上光明之体

遇见的万脸门人,重从光的脑体里走出
浩劫不能悠远时,能把渗漏土做成篷车驶往
你终得以能用渗漏土做成的篷车
果敢地当一回通往理想殿堂的借花献佛,是你
在徒有四壁不敢动用一阵风雨过后的抒情诗时
那位万脸门人,方肯答应你共进一顿种火餐食

而山峦却是众失陷墙,松柏在吃崖之墙
你的村从那处走出来,又走回原处
直至你盛情又放琴坛入晌午的睡眠处
山崖之下,酣眠也是罪恶油轮,会飞的恶之墙

原村人,你终得以能屹立投照处,向山峦声讨墙

你垂手散佚的赋格,仍掩不过罂粟之绵延
那卷羊毛群的围拢寺塔之绵延,瞬即
一群幻影似的在村西头的后山上转眼不见
你的赶投照涌动之手,养了你一头雾水的村

呼吸了你光芒四射的村，蟾蜍和石臼
再也不围拢凶兆圈跳裸身回响舞的村
你偶尔呢喃不出声时，便重回老妪的纽扣缝里去
那是隐秘不甘愿冒失，重以盛情邀请访问者时

原村人，重踏原野人，改腌菜脯的瓮装以窟

你的衣袂绑着账簿，你的锄柄捆着旗
你做的风车却被蒲公英呼吸过去，你的昏眩遮拦
在声讨嘴，吹不出沉寂声之时，以螺垒叠之墙
垒叠在村的远眺门前时，也是意愿永不破晓时

三、闪电与蚂蚁

不屈从于空白的受训，来自哪里——
世界的样子，重穿上云粗布的外套
那是虚幻的铠甲开始无秩序飘浮
你需要的秩序，却堆起乱石丛在宽敞路上

那是些已盲失之人，乱堆起眼瞳和步骤

暂未从手术暗室搬出腐烂的身体的意愿
世界可不是现在投照这样，通往从未乱过

昏暗轻袭，原村人未被禁年的，死寂

天庭，谁从未去过？
那里可有培育欲望地下室
可有绝对权威统治者
那里的肉钩子与十字架一般大小
你既可以写蒜子诗交换闪电颂
你也可以把低洼地交换到高贵处
它快得，以致闪现
跟随不上脑中速度，便自行销毁掉
犹似一双筷子夹不出蚁穴里的糟糠谷皮
犹似死者的木梳子，仍撕咬住一二根血毛孔
你推诿的凶兆圈就起自那处点燃
你自制的土篷车早已卸下贩诗人犯

当酣静退却为沉寂时，安魂曲四处溃散
你的无忧思朗读者改磨刀晋见者
你的脸上荣光已减少量欲望为无果树食
黑漆漆的饥饿蚂蚁队就来自那儿，来自符语之鼓处

你不可重做践踏的是，晨曦布下通往之钉

脚在踩钉，蚂蚁钉，你的唱歌嘴角
冤屈者之语，被绳子吊挂那处
你的仰视不懂：一阵暴雨再会发生什么灾难？
更多的能驭动星宿的蚁队，被沟壑引出
你吟唱的沟壑里，满是填海不成的破琴坛架
排钉木架，会飞的云雀之骑，反过来对着相反向
去填堵万般罪恶门之诗，犹似幸运的闪电之骑
徐徐地降落下来，降落它的高贵真身
犹似瞬即能撕裂簇拥诗者心灵的不规则图
给不规则的通往道路者瞧瞧：这是围解万恶之城
会飞的云雀之骑，驭动星宿的蚁队，簇拥歌诗之城

而天庭已退至虚假一隅，凭吊者以打扫归来
而晨曦已孵出空白的炽热，孵出栅栏之侧
是你已骑住晨曦脖颈上讴歌闪电神
原是那溃逃蚁队已把虚幻铠甲喙破

四、大风行

烂语以铿锵，用它洗他人的耳朵
风中放栅栏进来
风儿，似新小教徒提着闸门
在雾气未睡上鼻尖前
仅次于颂歌合拢众禽兽的豢养
打开闸门，银鱼飞绕，授松花粉在眉睫
关掉闸门，挡双唇回去，摘下温柔陷阱
吃幽谷，一只回元音沙袋
风中也放一盏不燃灯进来
风儿，似一首吊胃口忧郁诗诵读前

吃蝎子，得了麻疹不复检
双排木棉树为他倒伤寒药渣

寂寥空腹但不可以塞入棉团
泗水之人自身就是奔水中的风

畅想引来天路是脑髓布满台阶
黑暗获馈赠礼花
莲荷已成彼处肺脏
在马槽和暮钟重被窟窿填平之时
迟缓之救被呼叫绕匝几道底线

语，是推墙者在语

他胸怀也放风进来，从一数至七时
他也把长短嘴数进一和七里，能——去堵
夜色榨出今晚的航向
能说是——藤椅孵出星宿

语，是墙里走出筑城人在语

风是乐曲之风，讴歌者疯了
风是油画之风，自然疯了
风是书卷之风，朗诵者疯了
风是刀刃之风，骑士疯了
在光也是风之时，牧师抠出瞳仁塞入礼帽
在风也是刑期之时，心灵，他的密缸和枯井

语来自——狩猎者的永不语

有雪雨不知轻重落在太阳脸上
风转瞬重又吹醒憎恨加剧的远眺之眼
风儿,也放鸽子飞入秃鹫的心里,正反心灵
似向一个不可再远的边界——撞击生死性

语是壮士饯行——卷轴掌掷落地在语

风儿改以信仰天使浑身挂满花盅和柱乳
唯有这时,天地可有可无,王公和霸主
可沉可浮,风儿,也放草绳进入绸袍长廊

语是白骨在加冕处——慰藉前程在语

枕畔之风,即可封硝烟之嘴
似切齿之树,即可放出蟾蜍和舰艇之风
他的后脑勺,放进旷阔之风,但冷箭和旗插不入
在血化作水,浇灌时
青纱帐和漫漫海堤,永是呵护他的村庄之风

五、五日谈

（天地颠覆而苍茫，这些日子谁都共有）

时间：五个轮回日
地点：内心、梦中、空间
人物：光之母、乌鸦、瞎子之书
　　　检字官、两性人、制头匠
　　　圣贤、活尸

第一日

光之母：

"把醒来的眼角弓起的遗迹抹掉吧。"
——一个寂静变幻的图形，和内心的搏击

把玻璃窗上的花影摘下吧，把梦分开
"光环是爱戴的。" "黑暗在手中叮当作响。"

乌鸦：

像是尘土构成树叶的对抗，雾气化作轻盈
"万物和善是为我奔来，望见的异端是刀刃。"

瞎子之书：

——运用幻觉之手把动物的腔腹剖开
在光明之核，语词运动的罪行有所减免

——比激奋深刻，推入没有目珠的眼瞳
"我想象倚住流星的颈背接见梦想。"

检字官：

"是的，对于事实的分享，把事实的虚假澄清。"

两性人：

——互相倾斜的弧线，散开的体液……
——明月饱满着乐之欲，冷酷之唇……
——所想取出一个试管婴儿畸形的灵肉……

制头匠：

"光明之中黑暗的劳作啊，还给恶吧。"
"还给善吧——"还给新的钟声予热血叮当

——伸手索取动力是来自泥土塑造的死亡

圣贤：
——在新光照耀之下，读一部新书
在飞蛾丧失的深夜把灯盏当作餐用
把高岩上的白蚁也当作意志的敬勉

活尸：
寂静在平面的对抗　暴动要从内心出发
"快乐和快乐的咬合在暗中等着砍头。"

第二日

光之母：
给美予容貌吧——灰尘在空中传递——
"宿命在阴暗里的闷罐之空变换过来。"

给行为予真吧——像黎明蜻蜓的遭遇
一天的开始，"一句话就要影响出身体。"

"仰望向上吧。"并且用眼角的水晶叫喊——

——在新光照耀之下,读一部新之书
在飞蛾丧失的深夜把灯盏当作餐用

乌鸦：

"一座绝望攻击的房子就要在光中倒塌。"
"啊，风声打开门窗，一个少女就要出嫁……"

瞎子之书：

"是沉默之声，朗读已经得以设想。"
"是废神之物，散发出惨铜之气息。"

"是石之奔流，革命抽刀断血之时。"
"是肝胆梦乡，造爱是花草的牺牲。"

随同着光中一只鹿儿的奔撞而作
比如说：另一个心灵是器皿的虚构

检字官：

"纵横吧——逼入天问，法律够不着闪电。"

两性人：

"——这就放入一只石膏假眼。"玩具的蟑
经过一个寒冷的月亮精炼而成的香液
对着巫师的肋骨呼吸吧——因忙而育……

制头匠：

　　"——欢呼着把阴影当作标本。"

　　把风雨当作原料，造一条纸龙倚云的图景

圣贤：

　　"——看见是光亮对于碎片的转机。"

　　"鸽鸟在树上的发言，引来冬天与春天的争斗。"

　　"通往的路上车辙漫漫，蛇且歌且舞。"

　　"烟雾让开的无极路，心灵也明白可见。"

　　"劳动之水啊，透彻纯洁植物的经期……"

活尸：

　　星光吮吸着桃香　少女就要献出梦乡

　　"快乐和快乐的咬合在暗中等着砍头。"

第三日

光之母：

　　我爱——草地上一个赤足的孩子——

　　"我的爱是简易的，一个随身而行的日常生活。"

　　——随美而行，一个装满梦想的背囊

　　可是现在，到处是清醒的新鲜气息

"到处是，朗朗向上的勤奋的面孔
像是书页翻动之间互相影响的光环。"

——我爱，被幸福挟持，我是花朵的寓言

乌鸦：

"这德行应该要在风尘的干预下承受赞美。"
"这是痛想的休止，和月亮对于玫瑰的生育一样。"

瞎子之书：

——可以说，一天是分成两个身体的对抗
散开的钟声在减免语词团结尘土的重量
"——看见阴影的变化也是暴力的事件。"
——看不见却是一个隐形在内心深处的暴虐
在空白纸上，虚无像一只麒麟死亡的标本

检字官：

"发出良知的邀请吧，和平是最后的评判。"

两性人：

"用舌尖递给一粒药丸，然后分离出白银。"
出发的亮光终得和异性的激动交接——

"各自把呓语收集好,再去探测危险。"
这一天是短促的,使寂静也微妙变化……

制头匠:
"思想是版图。"随同着光辉扩散——
随同着雨后腐烂的气味飘荡下去
在长廊,在鹰鸟死亡埋葬的橘子园
"蜜之图腾,再排列出思想攻击的肋骨。"

在痛苦的叫喊喊出之前,无声的回声

圣贤:
"孟子倚着半只椅子,啃着猛犸的骨骸。"
"孟子得道的批判:灰尘是精神的亲戚。"
这一天被昏黄的反光折射在刀俎上……

活尸:
——等着妄想会见魂灵,这是泥土的忙活
"快乐和快乐的咬合在暗中等着砍头。"

第四日

光之母:
  行动的证实——和雾气与乐曲的遗迹
  黎明昂扬的宽广在蓝色日记本上的时日
  "迎着强光的笼罩,付出的鲜血也是一样。"
  抑或这是散文之声,和手术医生的笔录
  "和那些插翅在飞的鱼分泌下来的祈愿。"

乌鸦:
  "喷泉一样的果浆像是一个强国的爱欲。"
  "——一个花样的威望,已成为唱诗班的领袖。"

瞎子之书:
  停在屋顶上的风车,我是它的奴隶——
  "我是光明投在心灵上的幻影。"
  在我的内心,光明从不被需要占有
  "它的芒果树是神明命名时刻的食物。"
  我心的风车啊,在光明钟情的外面

  "覆盖路的光辉啊,忙着为万物铺展产巢。"

检字官:
　　"光之照耀啊,也请以旗帜的振奋捍卫花草。"

两性人:
　　变相的预见,可能的幸福也要毁掉——
　　像剖开鸟的腔腹的实验,和树的器官
　　"也像是光线抹过黑色管道弓起的图纹。"
　　楼房旁边的儿童墓园,挂满避孕套和旧书页

　　脸上的水珠轻轻响动,在垃圾箱与马桶之间

制头匠:
　　痛楚之斋,一个闷罐发出的声响
　　一个倾近晴朗的一天,细雨的毒香

　　花在嘶喊,天是灰灰的,时有深渊在忙碌
　　——在散开光辉的香气里,痛楚也要死亡

圣贤:
　　"这是光辉赐福的榜样,这是新文明。"
　　"这是一个精神伙伴将知己的心交出。"

献爱之心啊，这是万物归宿的黄金国度

活尸：
像悲痛得到诗句的帮助，使冷酷变化过来
"快乐和快乐的咬合在暗中等着砍头。"

第五日

光之母：
——幽冥之间皮肉已对着宽广绽开
——形成寂静的压力从幻梦里滑出
——即逝的深夜摇曳得玫瑰丛疼痛
——看见了吧，广场已是纸飞碟的轻盈

——阅动的书页拍打得门窗发出预言
——在上学的路上，孩子的行踪也叮当作响

乌鸦：
"装满唯美的试管里，发出碎肉诱引的芳香。"
——用刀刃劈开一天，事实也剩下猫皮面具

瞎子之书：

　　忧愤时把大地上长满的花草数遍
　　对着一只死去的蛾说：智慧是旧的圆桌
　　而语言是那些构成时间暴力的声息
　　"遗弃平息了记忆，自由是最公正的。"
　　自由也在尘埃的勾结之下，化作溶液……

检字官：

　　"对于人们的管教，把爱护的感情用在人们身上。"

两性人：

　　"——这是阉割过后的迷惑，心之锁链。"
　　"——和爱人收藏的图景付出同等的代价。"
　　像月亮征服失败的梦幻，没有一样

　　那是一些披肩的彩虹，交换到欲望
　　再用上诗句疯狂的爱和赞美，如没有一样

制头匠：

　　光之元素啊，倾泻在黑色海面——
　　阴雨天教堂周围攒动的头颅一样密集
　　"困苦时刻，也要把搏动的头颅转向苍茫。"

鱼在游，花瓣在飞，无足动物在交配……
"钟声减轻的一天是身体喂养身体以后的满足。"

圣贤：
——光之坦荡啊，赐给我前景
——心之真诚啊，使我的心灵进展
"所爱是光之心啊，幻想已经轻过阴影。"

活尸：
唾液生育蝙蝠，啊，一个士兵的布衣飘动
"快乐和快乐的咬合在暗中等着砍头。"

六、死夜与露神

啊，太阳即将病逝，你仍站在后埭山上

你看近处不如看远处，那儿的蚂蚁
大过近身策动转圈的马
在把阔叶桉落下的露当帐篷住时
渴望膨胀之身，纯净却压缩自身

也是在仰望不可以云端添增兵灶阅动时
远古之鼓逝隐之声,擂动得比呼号弱些的
是:上面仍有操控暴风雨胚胎之人暂缓露脸

那是幻想嘴腮低了下来,那原光井喷
侧近于从未被审度之日,懊悔者领空
几乎是要到洞庭蓄满荷莲之池的血干为止

"那是一位以晨曦传诵为无限的洗涤者。"你说
血是先流进水里再流出来的,水深血更深
而吸血者,却努着蜈蚣斑须的角腮——
突冒入人心的进展蛊惑处,破土未合法处
幽暗也从未被审度,隔肚皮仍是布幡书
有孤单写蜡诗者替你说诅咒语:破墙光在即

头上草已枯卷无剩,最灵验告解你重复一次
在幻象不可慕求时,后窗仍是万寿果之园
你转圈的马就差一个指鞭就到了破晓处
唯有你只身把黑夜当谎言和恐惧排列的人

啊,太阳即将病逝,你纵身向原河一跃

对着你置额之上的合拢夜，你语："画不出真相。"
对着汹涌之海，你可以跃入，但你跃不入一滴静露

水可不是原样的水，它灌输不可阻拦流逝的寂
永在海的上方，那边，仅有的海神也已离席
你所要敬勉的搏击之神，是比采水样光彩
永是在渴望的驻扎处，那边，死已被夜收编
时日脱下溃烂靴套重新缝上吻合线的纽扣
犹似沉寂中冷不防有一阵热流摸索你
那从前支使过你的外人，已蹚水过岸
是他们，刚作揖辞别过来自原村人的忠告
是他们刚试探过：可蹚进海，但蹚入不了海之水

而置于你上方，永是那万覆不灭的光流
那缤纷奔泻的原露串水河线，你的溺线
探出龟蛇的坐像在通向基隆市的门前
那边的喧嚣同你这处的思劫同出一辙
对着你置额之上的合拢之夜，你语："画不出真相。"
对着汹涌之海，你可以跃入；但你跃不入一滴静露
那是你相对无语的隔腹人跃不过的流逝之线
那边，那人，不是在作画，而是在拓疤痕

隔着水线画里，你能听到那边的人语："砍！"
转瞬，夜又重合拢在
你放飞纸鹤的手上，已作揖过禁年之手

即是从枯竭光年触摸着大理石的寄宿处
这撞击夜的奔泻露似乎是从大理石倾覆而出
各个分解的大理石世之谜,你,听那人说:
"噢,钟之乳,天之琼!"
就在这夜过后重需迎合忧思酒肆

啊,太阳即将病逝,你的重螺已吹起

你就吹吧,把夜之贪婪吹成屎壳郎粪堆
你就吹吧,把悲愤吹成抽雾丝长筒帽
你就吹吧,糜烂之享用吹得比鹧鸪早醒
你就吹吧,把枕畔吹成他者胸膛的失陷重地

夜的贪婪对你说:"去,快收拾梦算的账簿。"
你对夜的贪婪说:"噢,光之仆,尚欠几个聪颖佣者。"
悲愤对你说:"天上的死者曾以金盅洗涤眼瞳……"
你对悲愤说:"地上的死者曾以泥菩萨剖心……"
糜烂之享用对你说:"爱之唱诗七天后已濒临沙哑。"
你对糜烂之享用说:"流逝的哨卡番茄酱罐夹生饭。"
枕畔对你说:"在基隆市忘掉了后埭溪。"
你对枕畔说:"在后埭溪重游基隆市。"

高层即可以仰视,摸索渐冷的烟囱走下来
而不分高贵贫贱的荒郊拾荒者,咋舌着
他似乎对你恩怨分明,萤火磕之碑碣
而黎明喷吐在即,云雀啼鸣之诗回响之壕

风起了水,水生阴,所有的庶民为树而战
在为屋宇之战……源自天庭的露之神,呵护之神

啊,太阳即将病逝,你依傍投照如火药箱

而无由的请求即逝,似披着重霞之光
披着在野百合未缝上硝烟嘴时
你的身影,也是你的形骸,很经典地
在不缺胳膊不缺腿、在渐渐咸了的源头互相搀扶
也似能向渐序洞开的底处搬万光之救
近似陌生的幻影,乘机爬上护堤,举棒槌照见你
转瞬间,同你的企求不显露在耷拉脸上
你愈发清晰地向通往线中,向那掠起翅
再举手按额敬仰三分,再听得呼号重从
禁年处徐徐传来,犹如荡动挂轮秋千
犹如下放的天使围坐在上面,诵诗般微笑

而串联之珠一颗二颗三颗，投照极致
你的朗诵满是张开百合花的嘴合拢它
那是天庭之化有串线，那是地夜之隆戚
有绝美之境就投你来吧，有悲痛就别窒息你
你看，你读，那露，那已透明过瞳孔之露
那密诏亲疏，那已是裸裎过合拢夜之簿册

——那失盲朗读者，深瞳已化出韬光养晦之窗
——那抽肉丝者，只身混进万山丛中能听懂禽语
——那以手腕挖窟者，也是以旷野纺织之品质
——那放声号啕者，放死者木梳子的闪电琉球

啊，太阳即将病逝，你重改草坪为深渊时

稀光也就抱石柱高起来，高过
烟囱挂住的罪恶油轮，有蝙蝠长短梦乡
可是能在那处采集精血
胜似地土无所依傍日，无培植骷髅复苏志
那也已是一隅幽蓝之光短暂寄宿处
你近似于惟妙惟肖的馅子永不可被包容处
地土隆起处也是乱石丛渐序地出语阁
你以能听去炽热试探时，你虚凉出阁

原是你猜想中的死意之夜，已高过
刚伸展出屋宅一排水瓦的棉树高
那一夜重又从栅栏和枪托合拢处
那不栖一棵露一只鸟的木棉树，唯不缺稀凉
却独缺死意之香重袭你心头，是
在这无箩筐代锣鼓敲击的死夜，别慌忙

就别簇拥虚凉在磕头台阶处，你因委屈
不被他者理睬所剩不多，你也因过于低下
也就根毛皆无，那是，最能倚重露神莅临之串线
因果皆无时，你所语的："俯身露神时，就别出声！"

啊，太阳即将病逝，你以心肠作揖贯虹

有苍头鹰，正以跌落的玫瑰花瓣
在收集这些还未奔至抒情瓮怀的晶莹碎片
把你也收集进去，你不尽忠仰望
禁年之前，残缺的汜渡之歌，也收集进去
那逮捕未爬下岸的沙蟹者改跳水绳献花者
他从大切四十七块的正午过后的转暗处来
他的头上扎大板条纱巾，风拂卷着

看去，微些畅想，正在悄悄倾近，他，犹似要
与俯就而下的苍头鹰对决，噢不，是对歌

这渐趋平常的上天尤物，也需要呵护
这玲珑剔透的众露神，参照以它，而以旷朗献艺

你暂未打开水闸的抒情诗，也簇拥着
在天庭所居呈现化身苞蕾姿势
地土仍是心灵的土地，篷车仍是驰骋的篷车
天尽头处仍是纯净所炽望
你终得以匆促期到来时，以打开水闸抒情诗
灌溉这已渐序膨胀的死意之夜
你终得以能结伴原村人，在死夜暂未揭开粥锅时际
都把救自闭症药渣倒掉
再从束缚将刎的布袋里，放生龟蛇之身向药莲池处

你所能仰视的苍头鹰，仍俯身啼叫着
你暂未提开水闸抒情诗，仍发出苞蕾绽放前的鼻息声
你的寄予厚望的原村人，恰好跨步在大理石门埕前
放下刚从旷野收集回来的空囊
空囊空空，倒不出梦乡之歌，倒不出新的尘土之谮语
你笑了，你是仰天而笑的，你是笑给苍头鹰看的吗？

你哭了,你是掩面而哭的,你哭能撼动地土之哭吗?

啊,太阳即将病逝,你重启箭镞书以对歌

七、白,重围白,再大白天下

最高的符语露现,你的真相
顶住源自压冰之侧的星宿之寒
和咬不住终生的稀光之寒,稍微近些
你终能以仰视之喷挽回一天之局
犹似三耳猫的游戏深瞳,猫可不是挖窟人
在向新店溪倒水,倒比流产婴儿还脏的水
而暂缓产卵的蚕蝶,却吹来一阵墓园香风
香风脏水搅和一起,封住你已丧失忧思之嘴
封住符语之窟,向五脚距外重举铲

你的真相之白,拢回围困之围以嗤鼻

你的酣睡之醒,在做跳梁的诡语
你的禁年不屈从于肉钩子混世肉干

在淌着盐卤之蜜，这饥荒时活动频繁之狐光

是你还躺在手中的读书人设想假意
云和美胚子是比稀光还善于闪现的短促
你就重以未垂下的手，挖胸膛的热情补给
在那处，冰城来的雾已失踪多时
在那处，举煤灯的火柴梗还未排列
这是自去年四月以来一隅最为新鲜的遗迹
恐寒的孤独向洞穴处扔白骨，扔，那是

一根根一触即燃的枯朽之身，而取火燧石
犹似高星之睡仍还陈卧读书人的手中
你的渐睡渐醒之际，来自于四月前的最糟糕之夜
最暗处，棉树掩盖石板处，你幻觉被白精捆住

在冰制开始悬起轨绳之时，在你
想要补给罪恶油轮一幅油漆画时
却是暮钟之响伸来海草搀扶下沉之意
你的向呼号呼吸鼻已闻得最为芬芳的城堡之花

白的对垒起始处，进化松鼠起始于
众松柏不渗出供奉桌血的最后挽歌

那餐具钵皿,那是永盛不满的时光流逝
你仅是瞥一眼松鼠之跳,时光则重以倒流
至,稍微近些的望守亭,至,煮酒石臼处
至万千棵罂粟树园不可救赎于闪电蚂蚁处
你的白似已从读书人之手辗转至群山深处
已自从对垒处回迫释放处,至松鼠符语处

啊,是你的手中有一包未出卖之盐,有未生锈奖章
你才重逢在相见处,你才能呈以沉思之勇
你才在时日暂未转暗前重遇闽族的悬棺葬礼
犹如你放弃赞美诗去作揖祷告:"人子,安宁吧!"

而不至尽期符语,由这祈告挡了回去
高处仍不失一二位痴望贪婪这世界之人
这,怎能满足簇拥黑暗的扩略心胸
你转瞬即可从暗胸走出,看一眼四周之后
重又走进去,原是,旷朗尽在空白的心胸处
原是世界,不可以你的早朝重去痴望获得

空白,以白之心,重获围困以至明朗
转瞬的世界犹如已辞别一间小屋之窗
你愿这小屋之窗远离一些,愿再也不遇见墙
不做围困的空白之墙,未穿上标语裤子的墙

白得，这一天早早收敛了呼吸的空气树
仰身的幽暗之语，枉费了你白向新店溪倒水
也是相映投照的纸糊窗与裸体者墙之语
那迟疑的、蛊惑的、悄悄喘息的，这，果树滴虫

这扩略心胸，这合拢墓群吹拂的暗风
你怎肯放手背诵书放纵过沉寂耳坠线

群星与墓群对垒间，隐有隐秘屠宰者
试图擦去后埭山与新店溪对垒间的浪崖血迹

你几乎能只身透过闪现的高寒树密扎
情愿放弃通往的幽境空白，却不惊扰乌鸦之刑

清静的语气徐徐传来，犹如云层掏银音声者
挂二度梅花合往逝檀木不失身于冰城之蒸

你挂嘴指责不休的过埠贩诗人犯
已放弃刨木刀改推独轮手推车到沧桑处逐日

时日似已增添一轮幻想日，挂轮在肩上
似已在时光转暗的屋窗外围，燃起寒冰柴火

冰心之火，纯白之花，你就起身唱祷吧
这蛊惑的果树滴虫，这纸糊的符语墙，这串线……

白之夜的绔儿，地下水确凿已结脂
明眼人，不喝它的水，在收缩水仙的心
这淌着蜜的毒汁，不是从九湖的天上来
九湖之白已写成画幅纸面上的寒心诗
那游历的地水供奉，已转化作屋宅里喷雨
执意要大声呼号者，顾不上呼吸，是同落鸟挂在铁网上
对面不远处，地下水流经处
是一处基地，插着族旗却白茫茫一片
大呼号不重以呼吸人，伸长水獾般头颅探过去
水仙之蛊不肯随转暗时光，紧扣白夜脖颈时

之间仍有一二位穿白衫巫师，不做疲惫呢喃
却抠出眼珠线重以浮游星座对垒
白之夜的绔儿，拂得上升前奏更轻时
你的水仙之心似已关禁重重不适应时

这白的天比白的夜，上升已获准剥裂千重出处
这天空中的天空，像皱紧眉梢之愤慨喷顶奠基处
有飞行物凌空翻了个番鸭板子身，不归属白巫师咒
有产自九湖神话的厚土，是已延误严冬和战期日

而蹚过后埭山来人，耳坠是比白木桨大些

他缚在补丁之肩，凝视鱼鹰的白盲之窗

而黎明前仍有臭死鱼自江东桥浮起
袭香闻起，失盲读书人刚好阅至颂歌第九部

你的随脏水泼掉的婴儿已长成东逝水摆渡人
听桨橹声似夜的绺儿已拂动迷雾起始处

起始于东山顶的炮楼之瞳对垒浦南面线铺
你的读诵歌嘴，过不了今夜的装章鱼苗火柴盒

而白白不过今夜，你的捣面团膜杆
距离很近，钟楼顶的时间之刺
距双排肋很近，内处的能力抢也抢不回来
像赤脚仙从不拥挤的梦茔里走出来
手中摇着响铃，头上戴着无标志白巾
恐怕来年这世下遗风重以霍乱晋见时
白即是跟随时光转暗，伙同一道闪现
再套回你永不可躲避狭隘之嫌的身心里
而今年仍有目不识丁之人，会路经安魂曲窗台
在你伸手收起读熄灯书时，重挂住干咸肉显赫

你所遭遇的霍乱感染者逐渐向家门增多
你的伙伴原村人,已改火焰为药渣漱口禁年
你所敬仰的那位蒙面赤脚大仙回访苍茫处
白茫茫仍是诵读以致,以冒烟,众枝丫被云暮拔起

原是拗语歌所唱的墓墙是这梦天之白
你在天亮时翻白眼给荒原的白忙活儿者
这可不比去抹平冰城的辙带还绵延黏糊
孩子所唱的上学歌也是在那处被寒乳封冻的
他们长大高唱仍惊醒不了这惊天白梦
你第二次重去进冰城西门时,你已不带箭镞书
你改去舔舐狐光淌下之蜜,不重复倾听沉寂之声
在至高无上的群星不重掩埋时,也不自制深窟时
让符语露现大白天下,白得,你的真相永不破相……

评论

显豁的反应

文/陈超

道辉又一本个人诗集即将出版，我也为他高兴。我知道这个后生在诗歌"江湖"上交游颇广，有一种仗诗为剑的游侠遗风。

第一次注意道辉的诗是在一九九四年。他与几位朋友在闹"新死亡诗派"。这个名称比较"煽"，从直觉上给人以冲撞。几年下来，道辉像模像样地主编了七八本《新死亡诗选》。从"江湖"到"朝廷"，都有很显豁的反应。现在有一种很"体面"的说法，将二十世纪八十年代以降的现代诗群涌动讥之为"运动癖"。我对此不以为然。说实在话，现代主义诗歌的一个明显标志就是其"运动性"和"社团性"。西方现代诗的历史就是这样走过来的，是在总体的精神呼应、基本意向彼此声援的庞大台基上，才诞生了更有价值的个人。我认为，在一个大一统的历史语境中，坚持有一定要领的集体实验，恰好是在捍卫诗歌写作的差异。由志同道合的几位友人,彼此砥砺,相互鼓舞,以对抗一个求同伐异的种族积习,是必要的策略。

对"新死亡诗派",我在此不作评价,有待更合适的场合厘清其种种价值和肤廓之处。道辉作为"新死亡诗派"主要代表,其刻苦肯干,讲求实效,重义轻财,都给我留下很好很深的印象。这一代后生中,有组织天赋、言必行必果、不可遏制地酿造风云的激情者,我已领教过几位。我对这些为现代诗运动做出贡献的朋友(当然包括"新死亡诗派"),致以兄弟般的敬意。

道辉进入自觉写作状态是在二十世纪九十年代。进入九十年代后,中国现代诗开始转型。其中一个特征是对"小型叙事"的迷恋,与此相伴的是诗歌话语对"超验性"的抑制。"小型叙事"在防止诗思想无边僭越成为集体乌托邦的补充时,是有其合理性的;但由此导向对市民文化的亲和,对欲望语境的妥协,则令我感到迷惘。与此相关的对"超验性"的抑制,则是又一个讨巧的低级策略。因为"超验性"也是诗人生命状态的基本成分,是灵魂真实的一部分。因此我更倾向于笔随心走,综合处理这个杂语时代。在远大精神目标和小型叙事、超验性和日常性中谋取某种平衡。一般来说,道辉的诗喜欢处理超验、神秘的材料,但他能够将此还原于个体生命状态的真实性。他对超验状态的揭示是以个人的现世存在为前提的,有一种原初、具体、活生生的体验和认知。比如,道辉热衷于处理"死亡",但我们读他的诗,都看不到对此的玄秘猜想,如果我的理解不错的话，他对死亡的认识，是基于个人生命时间的有限性，以及个人诗性体验的不可取代性。一个诗人意识到"死"是必须自己承担、别人无法替代的，那么才能同时意识到个人的诗性体验也只能由自己承担，别人无法替代。与人的大部分社会实践不同，写作的确具有天生的不可为人代劳的个人性质（当然是指有意义的写作）。这一点与"死亡"可相互隐喻。意识到此，诗人方会更自觉地为其写作的价值感负责。道辉的一些诗作和文论，我以为有价值的地方正在这里。他命名并大力阐释"新死亡诗"，其实是把死亡与写作互为比附的。只不过道辉天性喜怪诞，在浓密阴晦的语词密林中，常常不经意地伤害了文本的明晰性。我也曾给他指出过这一点，他后期的诗作、文论已好读多了，但总体来看仍然有些艰涩。

  道辉的诗从意识背景上与存在主义关系密切。其中，克尔凯郭尔、叔本华、尼采、海德格尔对其影响是明显的。相反，萨特、马塞尔、巴雷特与加缪意识中的"现实"因素，在他的诗中作用不大。因此，他的主要作品常常有一种高度的主观心理体验和神秘主义特征。他将生命动力内敛于"我在"，他喜欢诉说的是"我"的文化处境，"我"作为一个研究对象，给写作者的震动和惊奇。在此，抽象群体的"价值关怀""存在意义""苦闷""压抑"并不十分重要，如果"我"能在某个生命时段为完成对个人生、死、烦、畏、沉沦、超越等的体悟和书写，那么，至少个体生命就不会是虚无的,就是有"价值关怀"的。产生危机的时代是一回事,"我"的本质规定性还得由"我"赋予。这是"个人主义"的人学辩证法。道辉的诗尽管面目凝恒、骨肉沉痛,但我读后却没有悲观、颓唐之感,相反,将一切回到个人的具体问题时,它反而带上了一种精神冒险主义的孤零零的欣快。对诗人处理"时代"材料来说,可类聚的"时代问题"并不一定比"个人问题"更真实。况且前者还容易被伪装的定义和公约抹平,成为廉价的维名主义仿写。由此,即便在读道辉那些晦涩的诗时,也会使人感到它是直接的。而且将之作为"时代问题"的个案研讨,也是便利的。我当然主张诗歌要处理"时代"最噬心的主题,不过我的起点是:时代的分裂只能是由一个个具体的血肉之躯负荷着。常常是这样,那种实证派式的"报纸加剪刀"的历史诗学,只是叙写了群众生活的景象,它没有贯穿着具体个人心灵的活动,因此,它也只是一种拒绝理解的历史事件;诗人的职责是经由个人体验而对历史所做的心灵记录,应具有个人内心图景的细微显现功能。

道辉诗歌在语言上有一种巴洛克风格。他的诗也像这个术语一样,有着内部彼此盘诘的内涵。福建诗歌,从蔡其矫、舒婷到吕德安,虽然姿容各异,但一般追求分寸感和准确。到道辉这一代,开始显出华饰、戏谑、机敏、超验、热烈、肉感,具有较大灾变因素。我为这种冒险高兴,因为从道辉的诗来看,它们是由实实在在的意义支撑着华饰嚣张的外表。

当然，诗人们还有许多更系统更有难度的工作要做，在自我评价上亦应谨慎从事，立论的新鲜和有效性并不完全是一回事。但我有信心拭目以待其来日。

追求形而上探索，是所有现代诗的宽泛常规。道辉在此的个人方式是高度含混和梦游状态相互扭结为一体。他喜欢在一部作品中，通过各式语型和不同肌质的暴力组合，来达到某种丰富性和深度意义。在此，各种话语形式、信念、设想和视角是对抗共生的。它们在理想的情况下给读者以出人意料的魅力，但有时也会使人减轻对意义的警惕，分散对核心语象的特殊凝注力。他的节奏是长键型的，在与诗歌主题的玄学品质吻合时，能起到相得益彰的效果；反之，在处理比较轻快的思绪时，这种节奏则显得外在，不能起到"抽象同情"的有效性。我想，道辉可能对晦涩有一种特殊的深情。当然，我们不能想象任何一种重要的现代艺术会同晦涩没有关系，但是，我还是希望，他的晦涩陈述能给读者以时信时疑之感，不要变成信疑皆成问题。

我也看了道辉写的几篇诗论。很明显，他对"启示录"意义上的诗学有雄心。但一般来说，他所心仪的"启示"，与其说是"向前"披露可能之未来，毋宁说是他对"记忆"和"过去"之事兴趣甚浓。也许是这种"雄心"所致，使得这位小伙子的诗在混杂的外表下有骨子里的一致性，是其个人特殊"秘密组织"总背景中的一个个片断。这样的诗人，完全可以将一个时期的写作最终编为一首体制宏伟的长诗。其中，一连串的抽象词语、人、动物、星宿、植物、器官，在一部长诗中会互相呼应，彼此再生。作者只要将抒情、叙事、戏剧场景再精心组织一番就可以了。我愿意看到道辉有能力并喜欢这么干。这一切可行性的心理和文本基础是什么？我以为就是上面提到的他的"个人主义"人学辩证法，"巴洛克风格"的一贯性，"形而上"品质和"启示录"野心。

随着资讯时代的显形，诗歌的困难增加了。电视、传媒、电影、简编书、名著缩写——一系列为金钱、欲望、效率所发明的玩意儿——正填塞着读者粗糙的胃口。我每年都会得到优秀诗人转事其他文字的消息，更无聊的是我随后就会收到这些朋友写来的信——自得地力陈"转业"的必要性、合法性。我当然希望大家都有一个充分释放活力和享受生活的条件，但从骨子里我还是对这种种放弃感到难过。在这种情势下，身处沿海商业圈的道辉及同仁，坚执于严肃的精神历险，并写出了优秀的作品，更使我感动和骄傲。我祝愿道辉不断精进，在探索和不断反省中写下去，写到底——

"士不可以不弘毅，任重而道远。"

面对死亡，只有狂欢能阻截它

文 / 汤养宗

面对死亡，只有狂欢的语言能阻截它。

道辉与"新死亡诗派"已经成为一个同义词。一个诗人能在诗歌中做到这一点，不但是他的诗歌身份有着不容忽视的地位，还是他对自己诗歌定位的形式与意义上的胜利。道辉对自己新死亡诗歌析义的判别大体是：对于生命和诗歌而言，死亡就是终结，是对已有的划清界限，是先锋的代言；"新"就是对一切重新打开，就是未知的揭示、行动和派生。如果延伸来说，它同样指涉到拆除与重建的问题。即死亡在诗歌中是一种拦截，是言说的终止点；而"新死亡"三字的导入便是再生，是一切语言的死而复得与新的起点。活的机会就是抵制与重生，在诗歌中就是重新说话，在说当中意味着一切新的开始。一场狂欢的语言盛宴也由此摆开。

道辉对自己诗歌写作的出发点应该说由此而生。人类言说的四周一开始就坚壁重围，一片漆黑，只有重新说话，才使天空一点点被打开，与万物产生新的维系。这种指认与维特根斯坦的语言哲学是一脉相承的,因为说话,我们才出现与存在,才得知自己是谁。语言在这里是又一次的"场"的制造与出现,是一切的开始,也是新的年轮。甚至,语言还是意味死亡还是活着的唯一证据。道辉诗歌里狂兽般从头到尾拆装语言的态度,就是将书写当作让世界起死回生的立场,也是他对待人生被拦截与逃生的态度。诗歌仅仅是他通过具体的操作,体现了自己想见谅于世界的目的。

这样的诗歌必然要引来对语言的造反,修辞学上的动乱也因此发生。所要指出的是,道辉的"混乱"并不是作为一种写作的"状态"有意泄露给谁看,他的目的在于显露诗人在写作中的"现场",这种现场即是写作者处在语言中的临战状态。于是,他的"混乱"也有了可以回应一切的理由,即这种"混乱"就是目的,而相关的治理混乱的力似乎与此并无多大关系。若按此理解,那么他在言说中哪怕局部不相对应,而在整体中最终又是完成的。

道辉有一个典型的写作言论是:"不管话语环境如何,你尽管围绕它不断地写,不断地提出新东西,要相信,语言会自动调整。"这种观点其实很契合意识流作用下的人类自身的活动状态,人的活动有时朝东朝西漫无目的,或者一个人的一天毫无主体意识而只是一堆碎片,但整合起来却看出了人的意识状态。道辉诗歌的意义正在于,碎片的漂浮物只是一场风暴的结果,对风暴的认识应是它的气场,而不是碎片。尽管这极容易伤害读者对作品整体的阅读性,让人不断看到边读边出现的文字尸体，甚至破坏阅读的延续性，但它作为作者宣誓要延续下去的实践文本，它又是值得我们去尊重的。我们没有足够的理由因为自己的阅读习惯，而习惯性地说这也不是那也不是。

我曾经想，如果在道辉现有的诗歌中植入一些相应的维度建设，那将出现什么状况？一是随着理性枝蔓维系在他诗中的出现，他语言中那肆无忌惮的癫狂状态被相对消解，他诗歌里我行我素的面目也会随着改变；二是整体上可感与好看了。随着语言左右维系的作用力，诗意的上下连接也会随之贯通，对阅读就不再造成只见语言喧哗不见语意延续的阻隔。他诗歌的形体也随之清晰呈现出来，而不是让人总按不住整首诗的脉络。如果按第二种方案去改变，再关联好他现有诗歌中相当出色的错位抒情、多维组构，及众声喧哗式的众多修辞法，他的诗歌就可能在阅读面上被更多人接受，而不是成为只许别人在他自设的黑暗中左右猜测，最终成为无解或多解，却又不敢多说的孤品。

我相信有着漫长诗歌写作年龄的诗人道辉，之所以仍继续写着他的诗甚至写下洋洋几万行的长诗，一定有他的道理在支持着自身。对于诗歌及不同的诗人，对其作品自作聪明的评判或劝诫经常是多余的与愚蠢的。对不同的诗歌，更可靠的结论可能最后也只能说它是这一个，不能要求它是另一个。每个诗人的写作都有自己秘而不宣的途径，我们只能企望其化险为夷，将艰险变为坦途。

直面死亡的狂欢美学

文/马永波

作为当代汉语诗歌一个重要原生性流派"新死亡诗派"的领军人物,道辉在诗歌写作中的"词语暴力"和"能指狂欢"一直受到汉语诗学界的关注,也因其整合东西方各种异质文化资源的宏大努力而每每招来好奇甚至不解的目光。其诗学主张中有关"死亡"之"新"究竟新在何处,不同的论家自然各有自己的理解。我的认识是,他侧重的是生死不分的相互补足和转化,将死亡内在于生之过程,从而去除其阴影性质,成为光明的一部分。

这种思维路向,已经与中国传统文化所标举的"未知生,焉知死"这种将死亡如此重大的问题轻轻悬隔的方式,彻底区分开来,从而在终极意义上为人在日常生活中拔除死之毒钩奠定了方法论基础。直面死亡,而不是轻巧地回避,其意义已经超越了诗歌甚或文化的范畴,而指向了信仰的高度。中国文化历来缺乏的便是这种超越性的维度,而更侧重于人人关系和伦理道德理想。汉语诗人没有艾略特、奥登那种西方诗人的幸运,没有一个足够强大的宗教传统可以作为最后的依托，这便导致了汉语诗人总体上偏重经验而轻于超验，更重视在人际关系之间达到平衡，使得超乎人际关系、人与社会、人与自然之上的超越维度，基本付诸阙如，得救被悄悄转化为在社会层面上的建功立业，从而也丧失了浮士德式的永恒追问的勇气。

这种超越意识的淡薄或超验维度的缺失，也是中国现代性固有的特性之一。现代性具有三个层面，每个层面都有其固有的危机。在感性层面上，存在着对人欲的释放，以感性、自然反抗宗教禁欲主义，其基本动力是物质消费和感官享受，这是社会发展的动力，也是一种感性异化。在理性层面上，现代性以理性取代神性的权威，是对神圣的世俗化"祛魅"过程，其相应的理性异化则体现为科学主义导致的技术对人的统治和生存环境的恶化，世俗化的自由导致精神的空虚和生存意义的虚无化。而反思—超越层面，是指神性丧失所必然会导致存在的终极根据的丧失，而人作为超越性的存在，具有神性，因而在追求现代性的同时，也必然进行自我反省和自我批判，并追求终极的意义与价值；这个层面就包括哲学现代性、审美和艺术现代性等，它们制约着感性—理性层面的现代性。

中国的启蒙运动引进了现代性，瓦解了西方圣俗一体的文化结构，但对西方文化的引进却并不全面，仅限于科学和民主；而科学与民主都是形而下层面的文化，西方的宗教和哲学以及审美文化等形而上层面的文化则被忽略甚至被拒斥。因此中国现代性一开始就具有致命的结构性缺陷，存在形而上领域缺失的问题。那么，在道辉及其他对超验旨归有所诉求的诗人那里，我们却欣喜地看到这种建构超越世界的不懈努力。

道辉诗歌写作的另一个重要特性，可以归之为巴赫金式的"语言狂欢"。这种狂欢诗学可上溯至华莱士·史蒂文斯，亦即用想象力填补存在的匮乏，这种传统被"垮掉派"的金斯堡所继承，其理论支撑亦有"黑山派"奥尔森的"投射诗"的成分。道辉整合所有可能文化资源的姿态，也可以看到庞德的影子。奥尔森号召用打字机创作，因为它作为一种工具能够记录下精确的呼吸、停顿，甚至音节的悬停，词的各部分的叠加。利用这种方式，奥尔森写出了令人炫目的诗行，有时像散文一样将一行诗拉得书页那么长，而另一些地方，又是简短的零碎、大片的空白，有时诗里还会插入散文片断。这便发展出他称之为开放式的现场写作，即诗的结构、形式全取决于内容，形式是内容的延长。

感情流溢仿佛是无结构的，应该体现，而不是回避或调整它的跳跃、停顿和不连续的特点。和奥尔森相仿，道辉诗歌中也强调即兴的、自然的创作，他抛弃了传统诗歌那种所谓正确的语法、逻辑发展、格律，乃至传统的印刷形式，强调诗歌创作的自发性。诗既是动的力量，又是有机的过程，如呼吸一样。道辉也同样强调自我与非个性的统一。人格面具与纯自我的坦述，都是他所要避免的，因为在实际感知中，现实是偶然的、变化的、矛盾的，并且是难以解释的，因此，反映这种现实的诗歌也必定是不可预定和变化多端的。诗的形式必须顺其自然，如同日夜交替，潮涨潮落。

最后，道辉的诗学强调区域文化的现代意义，在他的写作中，明显有方言和地域化色彩，比如错综复杂的海洋生态文明对他的影响。这种文明不看重进化和进步，而是注重眼前的生活，注重与世界直接性的神秘关联。而对巴赫金式"狂欢"的认同则将道辉及其"新死亡诗派"引向了后现代主义的道路，狂欢传达的是后现代主义者喜剧式的甚至荒诞的精神气质，意味着"一符多音"，亦即语言的离心力、事物欢悦的相互依存性、透视和行为、参与生活的狂乱、笑的内在性。按照哈桑的理解，这个词丰富地涵盖了不确定性、支离破碎性、无我性、反讽，种类混杂，总之，可以视为一种反系统性。我个人认为，把握住道辉诗歌中对死亡的认知，及其建立在强力扭结的"词语暴力"之上的结构原则，我们才能比较有效地解读其"抵抗阅读"的诗歌文本，也才能比较准确地触摸到他内在弥漫的精神气质。这种气质或者态度，我们或可称之为"含泪的狂笑"，因为他始终对人类存在的困境抱以某种若隐若现的悲悯之心。

你就是在那扇未打开之窗被看得凉离身远去的
撕裂一张薄纸般的预言图案那样,缓慢投了进去
你要获得其中奥妙,原光神已充分得,你无处躲藏——道辉

无简历篇

无简历篇 WU JIAN LI PIAN

让符语露现大白天下，白得，你的真相永不破相……——道辉

图书在版编目（CIP）数据

无简历篇 / 道辉著 . -- 北京：北京燕山出版社，
2012.10
ISBN 978-7-5402-2970-2

Ⅰ . ①无… Ⅱ . ①道… Ⅲ . ①诗集—中国—当代
Ⅳ . ① I227

中国版本图书馆 CIP 数据核字 (2012) 第 245387 号

无简历篇

作　　者：	道　辉
策　　划：	唐朝晖
责任编辑：	李满意　王梦楠
特约编辑：	郭爱婷
营销编辑：	王　然　王　迪
社　　址：	北京市宣武区陶然亭路 53 号　　邮编 100054
网　　站：	http://www.bjyspress.com/
微　　博：	http://e.weibo.com/u/2526206071
电　　话：	010-65240430
传　　真：	010-63587071
经　　销：	新华书店
印　　刷：	漳浦笔冠印刷有限公司
开　　本：	889×1194　1/32
印　　张：	4.5
字　　数：	100 千字
版次印次：	2012 年 10 月第 1 版　　2012 年 10 月第 1 次印刷
定　　价：	24.80 元
出版发行：	北京燕山出版社

版权所有　盗版必究